語らいサンドイッチ

谷 瑞恵

角川文庫
23550

Contents

青い花火 5
オーロラ姫のごちそう 59
黄昏ワルツ 111
明日の果実 165
祝福のサンドイッチケーキ 225

青い花火

強い日差しが地面にくっきりした影をつくっている。ビルの谷間はきつい照り返しとエアコンの室外機から放たれる熱気で耐え難いほど暑いが、公園に一歩入れば別世界だ。辺りは濃い緑に包まれ、日陰ならほんの少しさわやかな風も感じられる。

『ピクニック・バスケット』は、そんな靭《うつぼ》公園に面した小さなサンドイッチ店だ。緑の合間をくぐっていくと不意に現れる、レンガ色の壁に白いドア、赤いひさし屋根が目印で、わたしの姉、清水笹子《しみずささこ》がサンドイッチをつくっている。妹であるわたしが言うのも何だけれど、色とりどりの食材でふんわり膨らんだ、そして食べてみれば虜《とりこ》になること間違いなしの、ステキなサンドイッチが並んでいるのだ。

わたしたち姉妹は関東《かんとう》の出身だけれど、去年、笹ちゃんに誘われたわたしは、店を手伝うために大阪へやって来た。笹ちゃんは、わたしよりずっと前から関西《かんさい》で働いていて、とにかくふたりとも、すっかりこの街が気に入っている。都市のオアシスといった公園も、周囲の人も、わたしたちをあたたかく受け入れてくれていると思えるのが、何よりうれしい。

靭公園の周囲はオフィスビルが多いため、店は朝早くから開いていて、出社前に腹ごしらえをしたい人が買いに来てくれる。その波が一段落した時間、わたしはテラスの掃除をしようと、ガラス格子のあるドアを開けた。

とたん、むっとした空気が押し寄せてくる。

公園に接する場所にはベンチや小さなテーブルが置いてあり、サンドイッチを食べてもらえるようテラス席になっているが、室内の涼しさにはあらがえず、この時季に使う人はほとんどいない。それでも、一応ゴミがないか確かめておかねばならない。

意を決し、日差しの中に踏み込むと、女の子がひとりベンチに座っているのが見えて、わたしは足を止めた。市内にある高校の制服を着ている。グリーンのカチューシャが目立つ彼女は、うつむいて何か食べているようだったから、近くで掃除をするのはあとにしようと、店の中へ戻りかけた。

奇妙な音が耳に引っかかったのは、そのときだ。ぽりぽり、という小気味のいい音だった。ぽりぽり、パリパリ、サクサク。振り返って目をこらすと、制服の少女はキュウリをかじっている。キュウリの丸かじりだ。

どうしよう。いちおう、サンドイッチを買ってくれた人のためのスペースなので、通りすがりの休憩や他の飲食は断っている。でも今はお客さんのいない時間だし、たぶん誰も座らない。と考えていると、背後から突然声をかけられた。

「蕗《ふき》ちゃん、おはようございます」

川端《かわばた》さんが現れ、わたしは反射的に背筋を伸ばす。たぶん、自分にできる最高の笑顔を浮かべようと、無意識にがんばってしまう。

「あっ、おはようございます」

食パン専門のベーカリーを経営している川端さんは、一斤王子と呼ばれているが、〝王子〟というところについて誰も難癖を付けられないほどのイケメンだ。もちろん彼がつくるパンは最高で、いつも早めに売り切れてしまう。『ピクニック・バスケット』では川端さんのパンが欠かせない。

今日も彼は、焼き上がったパンを届けに来てくれたようだ。肩に掛けた大きなトートバッグからはパンのやさしい香りが漂ってきて、川端さん自身が焼きたてみたいにいい匂いに包まれている。

ベンチの少女も、川端さんには気がついた。人がいることにあせったのか、急に立ち上がる。そのとき、彼女のひざにあった紙袋が落ち、キュウリが辺りに散らばった。

あたふたする少女のそばに、わたしは川端さんといっしょに駆け寄り、キュウリを拾う。それにしてもたくさんのキュウリだ。まさか全部、まるごと食べるつもりだった？

「はい、これ」

一斤王子に微笑みながらキュウリを差し出され、少女は硬直した。川端さんと目が合った女子の正しい反応だ。わたしだって、少しは慣れたとはいえ、三秒以上目を合わせていられない。

わたしが勝手に動揺していると、女子高生は突然彼に背を向け、ダッシュで駆け出していった。その勢いには、川端さんも呆気《あっけ》にとられている。

「あれ？　不審な人に見えたかな」

そんなわけがない。ストライプのボタンダウンにベージュのチノパンといい、さわやかな好青年だ。心なしか、彼の周囲には涼しい風が吹いているような気さえする。

「キュウリが恥ずかしかったんじゃないでしょうか」

「キュウリが？　そういうものなんだ？」

女子としては持っていておしゃれなものではない。丸かじりしているところも、ふつうはあまり見られたくないだろう。

「どうしましょうか、これ」

川端さんは拾ったキュウリの束に目を落とす。彼女は受け取らずに行ってしまった。

「あずかります。もしかしたらまた来るかもしれないですから」

サンドイッチ用のパンをキッチンまで運び入れてくれた川端さんが帰ってしまうと、彼を見送った笹ちゃんは、傍らに置かれたキュウリに目をとめた。

「どうしてキュウリが？　こんなにたくさん？」

わたしが拾ったぶんも合わせ、数えたら、九本もあった。ベンチの足元に、紙袋も落ちていたので、それも拾ってある。わたしがいきさつを説明しているあいだ、笹ちゃんは紙袋をじっと見ていた。

「これ、成田《なりた》青果店の袋じゃない？」

言われてみれば、紙袋には見覚えがあった。レタスやトマトの絵が印刷されている。小さな文字だが『成田青果店』とも書いてある。

「ホントだ。じゃあこのキュウリ、成田さんのところで買ったもの？」

天満《てんま》の商店街にある成田青果店からは、いつも野菜を仕入れている。成田さんは農家とのつきあいもあって、めずらしい野菜も扱っているのだ。種類も多く、味もいい野菜が手に入るのは成田さんのおかげで、『ピクニック・バスケット』のサンドイッチは野菜もおいしいと評判だ。

「あ、そういえば、その子の制服が真理奈《まりな》ちゃんと同じ松風《まつかぜ》学園だった。リボンの色からすると、たぶん、学年も同じ」

真理奈ちゃんは成田さんの娘で、ここにもときどき来てくれる顔なじみだ。

「じゃあ、真理奈ちゃんが知ってる子かもしれないね」

答えるように、猫のコゲがわたしの足元で鳴いた。黒と茶色のまだらな毛色は、焦げたトーストみたいだからと名付けられたらしい。わたしにはあまり甘えたりしないコゲだが、なぜか今日は足元にすり寄る。と思うと、急にわたしから離れ、ドアのほうへ駆け寄っていく。

「こんにちはー」

元気よく現れたのは、小野寺《おのでら》さんだ。『ピクニック・バスケット』の常連客は、テントウ虫をプリントしたシャツに青い蝶《ちょう》ネクタイと、三十代の男性にしてはいつも不思議な格好で現れる。そのうえ無愛想なコゲが、小野寺さんのことは大好きなのだ。犬か、というくらいの歓迎ぶりで、まとわりついている。

「いらっしゃいませ」

笹ちゃんがえくぼをつくって微笑むと、小野寺さんの目尻《めじり》があきらかに下がった。

「笹ちゃん、いつものな。お、コゲ、なんや？　今日はえらい愛想いいな」

コゲは何やら要求するように、小野寺さんの足元に伸び上がったりしている。

「ん？　キュウリか。蕗ちゃんどうしたん？　キュウリがこんなに」

レジカウンターに置いたキュウリの束に、小野寺さんは目をとめた。

「落とし物なんです」

「へー、ほんならコゲ、食べたらあかんわ」

「えっ、猫ってキュウリ食べるんですか？」

「コゲは食うよなあ」

小野寺さんはコゲに話しかける。食うから早《は》よくれ、と訴えるようにコゲは小野寺さんを見ている。

「うそ、知らなかった」

「でしょう？　わたしも最初、食べさせていいのか迷ったもん。べつに害はないみたいよ」

そう言うと笹ちゃんは、キッチンからキュウリを一切れ持ってきて、コゲのお皿に置く。コゲはフンフンと匂いを嗅《か》いで、がぶりとかじりつく。

「それも成田さんところのキュウリなの？」

「そうよ。〝新井《あらい》さんのお日さまキュウリ〟っていうの」

「新井さんって人がつくってるってこと？」

「このごろ、生産者の名前入りで売る野菜、人気やんか」

「落とし物も、同じキュウリじゃないかな」

笹ちゃんは、キッチンにあった〝新井さんのお日さまキュウリ〟と、拾ったキュウリを並べてくらべてみている。

「ほら、似てる」

「えっ、でもキュウリだし、どこのでも同じじゃ……」

「違うよ。新井さんのはこの濃い緑色と艶《つや》がポイント。それに棘《とげ》がしっかりしてて、皮はシャキシャキ、中はみずみずしいの」

「ふうん、てことは、落とし主はなかなかのキュウリ通やな」

わたしが淹《い》れたコーヒーを、小野寺さんはコロッケサンドの載ったトレーに並べ、イートインスペースのカウンター席に陣取った。いつもの彼の定位置で、きかんしゃトーマスのカバンから取り出したノートパソコンを開く。キュウリを食べ終えたコゲが、満足そうにその足元でまるくなる。

キッチンへ戻っていった笹ちゃんは、ランチタイムのためにサンドイッチを補充すべく調理を再開する。

太陽はどんどん高くなり、スマッシュみたいな光と熱を地上に打ちつけてくる。暑いのは苦手だが、夏野菜はおいしい。熱い太陽に育てられた野菜は、色も味も濃くてエネルギーに満ちている。

笹ちゃんは、カボチャサラダをつくり、トマトとズッキーニをオリーブオイルでソテーする。いい香りが店の中まで届くと、それだけで楽しくなる。わたしは、落とし物をバックヤードに片づけ、出来上がったサンドイッチをショーケースに並べていく。

毎日の、変わらないひとときに、不思議と満たされていく。変わらないけれど、心地よく心が動くワクワクやドキドキが、あちこちにちりばめられているのを感じる。

ここへ来たころは、日常を抜け出したかのようで、とても身構えていたけれど、笹ちゃんのサンドイッチ店も、この街も、もうわたしには手放せない、大切な日常になっていた。

＊

「知花《ちか》、何かじってんの？　ちょっとそれ、キュウリやん！」

目ざとく見つけた同級生が声をあげると、みんないっせいに知花のほうを見る。部活終わりの部室で、居残っていた部員たちが、物珍しそうに集まってくる。

「夏はこれでしょ。水分補給になるし。塩振ったらサイコーやし」

まるごとかぶりつくと、パリパリぽりぽりと小気味のいい音がする。

「知花は中学のときからキュウリ好きやねん。夏休みの朝練はいつも持ってきてたもんな」

中学からいっしょの友達が、フォローしてくれるが、やっぱりみんな不思議そうだ。

「お祭りの屋台でもあるやん。棒に刺したキュウリ」

「でも、キュウリはかわいくない」

誰かが言うと、みんな大きく頷《うなず》いた。

「水分補給ならスポーツドリンクやろ」

「ほんま、男子が見たら引くで」

けれど知花は、キュウリがおいしいことを同級生の男子に教えてもらったのだ。

「べつに引かれたっていいよ。好きなもんは好きなんやから」


中学のとき、知花と同じ卓球部だった三戸《みと》真哉《しんや》は、夏休み中の部活にキュウリを持ってきていて、仲間にからかわれたりしながらも、おいしさを布教していた。実際に卓球部では、彼に分けてもらったキュウリがおいしくて、持参するようになった子も複数いたくらいだ。知花もそのひとりで、三戸のキュウリが〝新井さんのお日さまキュウリ〟だと知り、あちこちのスーパーでさがしたりもしたが、結局見つけられなかった。

今では一年中出回っているキュウリだが、〝新井さん〟は旬の時季しか出荷していないのだと、三戸からちらりと聞いて納得した。

その後、三戸とは別の高校に進学した。知花はまた卓球部に入ったが、三戸はもう部活動はしていないのだろうか。市の対抗試合で見かけなかったことに、少しがっかりしていた。

　けれど最近になって、知花は三戸の姿を見かけた。期末テストの期間中、いつもとは違う時間のバスに乗ったときだ。卒業して半年ばかりの間に背が伸びて、大人びた顔つきになっていた。参考書を熱心に読んでいたからそう見えたのだろうか。中学のときはあまり勉強している様子はなかったから、少し意外だったのと、身長も成績も卓球の実力もまったく成長が見られない自分のことが恥ずかしくなって、声がかけられなかった。

　三戸は、大きな進学塾のあるバス停でおりていった。きっと塾に通っているのだろう。まだ高一なのに、と思ったけれど、彼が行っているのはなかなかの進学校だ。それに、塾へ行く生徒が多いため、夏休みが早いとも聞いたことがあった。

　やっぱり、声をかければよかった。そう思い直したのは、〝新井さんのお日さまキュウリ〟を見つけたときだ。商店街の青果店で売っていて、思わず声をあげてしまった。ちょうど知花の学校も休みに入ったところだったので、たくさん買い込むと、意気揚々とあの時間のバスに乗り込んだのだ。

　三戸を見つけた知花は、緊張しつつも近づいていく。吊革《つりかわ》につかまりながら、彼はやっぱり参考書を開いている。

「三戸くんでしょ、久しぶり」

思い切って声をかけると、彼は驚いたように振り返ったが、すぐに知花のことを思い出したらしく笑顔になった。

「おおっ……、水野《みずの》？　めっちゃ久しぶりやん。このバス使ってんのや」

横顔は大人びていたけれど、くしゃっとした笑顔が変わっていなくて、知花はほっとする。

「うん、部活の朝練なん。三戸くん、卓球は？」

「もうやってへん。夏休みも塾通いや」

「勉強？　たいへんやね。三戸くん、中学のときは勉強してなかったけど成績よかったもんね」

「今は落ちこぼれかけや」

きっと謙遜《けんそん》だろうと、知花は「またまたー」と笑い飛ばした。

「そうや、もしかして塾でもキュウリ食べてんの？」

「あれは……、もうやめた」

「え、なんで？」

「あのキュウリ、売ってないねん」

「うそ、わたし見つけたよ」

そう言ったとき、彼が戸惑いを浮かべたのに知花は気づかなかった。いそいそとカパンをさぐり、キュウリを取り出す。

「これ、あげる。おいしいよ。やっぱり、新井さんのキュウリがいちばんやね」

目の前に差し出したとき、彼は蛇でも突き出されたかのようにはっとした顔をした。

「そんなん、にせものや」

どういうこと？　バスがゆれて、とっさにポールにつかまった知花は、はずみでキュウリを落としてしまう。バスの中、床の上をキュウリが転がっていく。三戸は追い打ちをかけるように言う。

「キュウリなんか、おいしいわけないやん。貧乏くさいし味せえへんし、カッパの食いもんやし、高校生にもなってそんなもんかじってたら恥ずかしいわ」

あわててキュウリを追い、座席の下に入ってしまう前にどうにか拾った知花は、三戸の言葉に動揺して、しゃがみ込んでキュウリを握りしめたまま動けなかった。

どうして？　気に障ること言った？　あんなにキュウリを勧めてたのに。

バスが止まる。知花は逃げるようにバスを降りる。降りるはずのバス停ではなかったけれど、ただ逃げ出したくてひたすら走り、気がつけば靭公園を歩いていた。

去年、部活の帰り道に、三戸とふたりでキュウリを食べた。川沿いのサイクリングロードで自転車を止め、キュウリをかじりながらとりとめもない話をした。あのときは、めずらしく自転車だった三戸と、たまたま帰りがいっしょになったのだった。

中三の夏で部活は引退する。高校受験がひかえていて、みんなの気持ちもそちらのほうが大きくなっていたし、もともとのんびりしている知花も、とくにしんみりすることもなく、キュウリを味わっていた。

今年は天神祭行かれへんな。三戸が言った。二年生のときはみんなで出かけ、銀橋《ぎんばし》の近くで花火を見た。

模試が近いもんなあ。知花は言った。来年は行けたらいいな。

部活が終わることで、三戸と会う機会が減るとか、いっしょにキュウリを食べることもなくなるなんてことは、深く考えていなかった。学校ではみんなといつでも会えるし、また集まろうと話し合ったばかりだ。

それぞれに進路が違うから、集まる機会も少なくなる、そうしてそのまま卒業してしまうなんてことは、まるで実感できないまま、いつもと同じように帰路についた。

今となれば、もっといろんな話をすればよかったと思う。でも、知花が彼に訊《き》いたのは、キュウリのことだった。自分たちは仲間の誰よりもキュウリで意気投合していたから、新井さんのキュウリがどこに売ってるのかと訊《たず》ねた。

その店、閉店するんや。ずいぶんあっさりと、三戸は答えた。

じゃあ、どこで買えばいいんやろ。知花がつぶやくと、うん、と曖昧《あいまい》に答えた三戸は、思えばあのころにはもう、キュウリへの熱意が薄れていたのだろうか。

わたし、さがしてみる。見つけたら教えるわ。あのとき三戸は、笑って頷いたのに。個人的に連絡を取ったことはなかった。いつもは男女数人のグループで遊んだりしていたから、ふたりだけで話したのはあのときがはじめてだ。だから、知花もどこまで本気でそう言ったのかよくわからない。それでも、〝新井さんのお日さまキュウリ〟を見つけたときに、真っ先に思い出したのだ。そうだ、三戸に教えなきゃ、と。

　彼はもう忘れていたのだ。バカみたい。

　いつもすごく穏やかで、女子の友達と同じくらい話しやすい雰囲気の三戸が、あんなふうに言うのははじめてだったから、知花は本当に驚いてしまった。にせものだなんて、そんなはずはないと確かめるつもりで、見つけたベンチに腰を下ろし、キュウリをかじってみた。張りのある深緑の皮もみずみずしい内側も、青い味がしっかりして、ああ夏をかじってる、そんな気がして元気が出るあのキュウリだ。知花には、新井さんのキュウリに間違いないと思えた。途中下車して走ったせいで、のどが渇いていたから、夢中で食べた。それをお店の人に見られ、あわてて逃げ出してしまったけれど、キュウリを放り出してくるなんて。

　後悔した知花は、また靭公園へやってきた。キュウリ、あそこに落ちたままになっているなんてことはないだろうか。まだ食べられるかなと思いながら。

　レンガ色の壁に白いドア、かわいらしいお店だったのはおぼえている。『ピクニック・バスケット』と読める英字が、ドア上に控えめに並んでいるが、何の店だろう。今日はもう閉まっているらしく、closedと書かれたプレートがドアにかかっている。営業時間も書いてあったが、それによると、朝昼がメインのお店のようだ。カフェか、それとも洋菓子店とか？

そんなことより、と知花はベンチの下を覗《のぞ》き込んだが、キュウリはもうない。それもそうだ、店の前にキュウリが転がっているなんて迷惑だったことだろう。知花はため息をついて立ち上がる。

ふと見ると、建物の間の細い路地に猫がいる。サビ猫、というのだろうか、茶色と黒のまだらな毛色の猫だ。その猫が、キュウリをかじっている。器用に前足ではさんだキュウリにかぶりついているのだ。

「そ、それ、わたしの……？　ねえ、どこにあったの？」

急接近すると、猫はびっくりしたのか少し後ずさり、キュウリをくわえたまま低くうなった。

「あのう、キュウリ、あずかってますよ」

振り返ると、えくぼのある女性が立っていた。生成りのワンピースに水玉模様のエプロン、頭の上のほうでおだんごに結った髪が綿菓子みたいにやわらかそうだ。この前見かけた女の人は、おそろいのエプロンをしていたけれど、ずいぶん雰囲気が違う。

ポニーテールで、Tシャツにジーンズと活発そうだった。

「どうぞ、お入りください」

あまりにも自然に促す口調と、風鈴みたいなやさしい声に、つられるように店へ足を踏み入れる。

サンドイッチ屋さんだ、とわかったのは、メニューのボードが置いてあったからだ。ショーケースにはもう何も入っていなかったが、センスのいい手書きのイラストと文字からして、おいしいサンドイッチに違いない。

店の奥にあるドアから戻ってきた女性は、知花が落とした紙袋を持っている。中に入っているキュウリが重そうだ。

「はい、〝新井さんのお日さまキュウリ〟ね」

「えっ、どうして知ってるんですか？」

「うちも使ってるの」

「あ、このポテサラサンドのキュウリですか？」

「そうそう、歯ごたえがいいの。ポテトは形を残して、ほっくりしたお芋らしさを味わってもらおうと思ってるんですけど、このキュウリがちょうどいいアクセントになるんですよ。よかったら、試食してみます？」

ああ、聞くだけでもおいしそうだ。でも、知花はそのおいしさを体験する勇気が出なかった。

「い、いえ、ダイエットしてるので」

などととっさに言ってしまう。そのうえ、よけいなことまで口走っている。

「キュウリって、地味な野菜ですよね。主役にはなれないっていうか、漬け物とか酢の物だってメインじゃないし、とにかく引き立て役みたいで。それに、キュウリってカッパの好物だし、おしゃれじゃないし」

キュウリが好きな女に見られている自分が変わり者みたいで恥ずかしくなったからだ。ダイエットのために仕方なくキュウリを食べている、そう思われたほうがまだましだ。

「キュウリ、おしゃれだと思いますよ。昔のイギリスでは高級品で、貴族のお茶会には必ずキュウリのサンドイッチを出してたらしいですよ。ほら、イギリスはサンドイッチを発明した国でしょう?」

「それって、キャビアとかトリュフとかもはさんであるんですよね」

「ううん、キュウリだけ。キューカンバーサンドイッチっていうんです」

そんな地味なものを貴族が食べるわけがない。

「……本当ですか?」

疑いの気持ちはきっと声に出てしまっていただろう。

「歯ごたえがあって水分もたっぷり、暑い時期でも食べやすいし、さっぱりした味も他の食材を引き立ててくれる。新鮮なキュウリは最高でしょう？　でも昔の都市では、生野菜ってすごく貴重だったんです。輸送に時間がかかるし、冷蔵の技術もないし。だから高いお金を払って買うか、大きな邸宅に菜園を持っているようなお金持ちだけが楽しめる野菜。まるかじりなんてとんでもなく贅沢《ぜいたく》だったでしょうね」

昔と今は違う。失礼かなと思いつつも、知花は言ってしまう。

「ここ、サンドイッチ屋さんなのに、そのキュウリサンドはないじゃないですか」

それなのよ、と彼女は大きく頷いた。

「あれはお茶請けで、おなかいっぱい食べたいときには向かないのよね。とにかく、キュウリをきらわないであげて」

受け取った袋の中のキュウリは、まだ傷んでいる様子はない。せっかくお店に並んで、お客さんにおいしく食べてもらえるはずだったのに、わたしなんかに買われてかわいそう。

急に知花は悲しくなってしまう。

「きらったのは、わたしじゃないんです。キュウリがおいしいことを教えてくれた人なのに、あんなこと言うなんて……」

「お友達？」

初対面の人に何を言っているのだろう。サンドイッチのパンみたいに、白くてふわふわで、なんでも包み込んでくれそうに見えたからだろうか。

「い、いえ、すみません。帰ります」

やっぱり恥ずかしくなってきて、知花はキュウリの入った袋をぎゅっとかかえ、店を出ようとする。

ちょっと待って、と言った店の人は、レジのところに置いてあったチラシの裏に何か書いて、知花に手渡した。

『ピクニック・バスケット』キューカンバーサンドイッチ注文券、と書いてあったが、知花は何も言えずにドアを開けた。

「もし食べてみたくなったら、つくりますよ」

後ろから、やっぱりパンみたいにほんのり甘い声が聞こえた。

*

買い出しに行った帰り道、自転車でなにわ筋《すじ》をたらたら走っていると、わたしを呼ぶ声がした。

「蕗子《ふきこ》さーん、蕗子さんだー」

通りをはさんだ向こう側で、大きく手を振っているのは真理奈ちゃんだ。成田真理奈ちゃんは、松風学園のテニス部に入っていて、ときどき靭公園にあるテニスコートに来ている。テニススクールに参加していたのか、ラケットの入ったスポーツバッグを背負っている。そうして交差点の信号が変わると、向こう側から駆け寄ってくる。

「真理奈ちゃん、暑いのに元気だねえ」

さすがに女子高生はパワフルだ。真理奈ちゃんはテニス部で鍛えているし、暑さなんてものともしていない。

「蕗子さん、どこか行くんですか？」

「お店に戻るところ」

「じゃ、お店行ってもいい？　コゲちゃんに会いたい」

「うん、もちろん」

愛想の悪いコゲでも、真理奈ちゃんは気に入っているようだ。猫好きなのか、最近ちょっと撫《な》でさせてくれるようになったとよろこんでいた。

「そうだ、昨日ね、真理奈ちゃんちのお店で買ったキュウリを忘れていった女の子がいたの。松風学園の制服着てたんだ」

公園へ入るために自転車を降りたわたしは、真理奈ちゃんと並んで歩く。もし彼女の知ってる子だったら、キュウリを返せるのではないかと思いながら。

「え、キュウリ？　もしかして、水野知花？　髪が長くて、キュウリ色のカチューシャしてる子？」

「ああうん、グリーンのカチューシャしてた。水野さんっていうんだ。キュウリ好きで有名なの？」

「ときどきキュウリを丸かじりしてる、変わった子やねん。あたしはクラス違うけどそや、この前話しかけられて、うちが青果店やてどっかで聞いたらしくて、〝新井さんのお日さまキュウリ〟置いてるかって訊かれた」

「そっか。それで買いに行ったのかな」

「で、それ、『ピクニック・バスケット』に忘れたん？」

「うん、まあね。取りに来てくれればいいんだけど」

「あれ？　その水野さんや」

前方から女子高生が歩いてくる。昨日ベンチのところにいた子に間違いない。キュウリを取りに来てくれたらしく、彼女は紙袋をひとつぶら下げていた。

「水野さん！　キュウリ買いに来てくれたんやて？　まいど！」

元気よく声と手をあげる真理奈ちゃんに気づき、彼女は戸惑ったように足を止めた。

「蕗子さんに聞いたけど、キュウリ置き忘れるなんてどうしたん？」

「あ、サンドイッチ屋さんの……。昨日はすみませんでした」

いっしょにいるわたしに気づき、礼儀正しくお辞儀をする。

「ううん、取りに来てくれてよかった。〝新井さんのお日さまキュウリ〟がもったいないもんね」

水野さんは何やら考え込んだが、急に真理奈ちゃんに向き直り、キュウリの入った袋を突き出す。

「成田さん、わたし、〝新井さんのお日さまキュウリ〟って名前のがほしかってん。これは違うキュウリなんやろ？」

「は？　何言ってんの？　それがそうや」

「……にせものやて言われたんやけど」

「誰が？　ちょっと、それうちの店への侮辱やで！」

にわかに険悪な空気になり、わたしはあせる。

「待って待って、笹ちゃんもそれ、新井さんのキュウリだって言ってたよ。笹ちゃん、ってわたしの姉で『ピクニック・バスケット』の店主なんだけど、食べ物に関しては鋭いから」

「えっ、お姉さん、なんですか？」

キュウリを受け取りに行って会ったのだろう水野さんは、驚いたような顔をする。たぶんわたしたちが似ていないからだ。一方真理奈ちゃんは、紙袋からつかみだしたキュウリにがぶりとかじりついた。味わって、きっぱり言う。

「新井さんのや、間違いないっ！　水野さん、キュウリ好きのくせに味わからへんの？　それともケンカ売ってんの？　だいたいこれ、かじりかけやん。味見したんやろ？」

確かに水野さんはキュウリを食べていた。けれどテラスのベンチで、うつむいてかぶりついていた様子は、食べるのを楽しんでいるふうではなかった。味を確かめようと集中していたのだろうか。

「それは……、でも、きっと何かが違うんや。なあ、本物どこに売ってんの？　お願い、教えてよ成田さん……」

ケンカのつもりはないらしい水野さんは、真理奈ちゃんに懇願する。真理奈ちゃんはますます苛立《いらだ》ったようだ。

「うちはにせものなんて売らへん！　勝手に違う店でさがしたらええやん！」

「ねえふたりとも、落ち着こうよ」

「でも、八百屋さんのことなら成田さんが詳しいやろ？」

「はあっ？　ど天然？」

真理奈ちゃんのヒートアップはおさまらない。気の強い彼女に、水野さんは押され気味で支離滅裂だが、それでも言い返すところがねばり強い、なんて観察している場合ではない。しかしもう、どうしていいかわからない。通りかかった人がちらちらと見ていくが、ふたりは気にしていない。

「あれ？　女の子が言い争ってる？」

そう言って、足を止めた通行人は小野寺さんだ。公園近くに仕事場を構えているので界隈《かいわい》ではよく会うが、ちょうど通りかかってくれてわたしは心底ほっとしていた。

「小野寺さん！　ちょうどよかった、助けてくださいよー」

麦わら帽子にウルトラマンのTシャツが、今ほど頼もしく見えたことはない。

「何が原因？　僕が聞いたるで」

「キュウリです」

「そらまためずらしいな。イチゴかメロンにせえへん？　僕的にはそのほうが絵になると……」

「しません、キュウリなんです」

小野寺さんのことを知っている真理奈ちゃんは、振り回されずにきっぱりと言った。

「とにかく小野寺さん、聞いてください。うちのキュウリはにせものなんかじゃないんです。ちゃんと毎年、藤井寺《ふじいでら》の新井さんって農家から直接買ってるんです」

そんな説明でわかるはずがないが、小野寺さんは頷いている。たぶん、わけがわからないままでも首を突っ込んで、人の話を聞くのがうまい人なのだ。言い争いも変な話も無意味な話も楽しんでしまえる人だ。

「そっちの彼女は、キュウリがにせものやて言うわけや？」

水野さんは小さく頷く。

「にせもののキュウリってどういうことや？　じつはヘチマなんか？」

「違います。新井さんがつくったキュウリじゃないってことです」

「なるほど。じゃ、新井さんって農家がほかにもあるとか？」

「あるかもしれへんけど、〝新井さんのお日さまキュウリ〟って名前で売ってんのはそこのだけです」

真理奈ちゃんはしっかり主張する。

「なんでにせものやと思うん？」

小野寺さんは水野さんに訊く。

「わたしに新井さんのキュウリを教えてくれた三戸くんが、はっきりそう言ったんです」

「三戸？　どこのやつよ」

真理奈ちゃんの敵意は、正しく三戸という人に向かったらしい。眉《まゆ》をつり上げてはいたが、水野さんへの憤りは影をひそめていた。

「……中学の同級生」

「じゃあ問題は、三戸くんがどうしてにせものやなんて言うたんか、ってことやな」

「三戸くん、すごくキュウリが好きやったのに、半年ぶりに会ったら、味がないとか貧乏くさいとか言うんです」

「ほんなら、本気でにせものやと思ったとはかぎらへんわけや」

はっとしたように、水野さんは口元を押さえる。

「……もしかしたら、キュウリじゃなくてわたしがきらいなのかも。久しぶりに会ったけど勉強忙しそうやったし、もう中学の部活仲間とかつきあいたくなかったんでしょうか。キュウリも、勝手に昔のノリではしゃいで、本当に買ってくるなんて面倒な女だと思われたのかな」

「それって水野さん、三戸くんが好きなん？」

真理奈ちゃんは直球だ。

「ち、違……、そんなんじゃ」

水野さんはあせったのか動作が大げさになった。

「めんどくさっ」

つぶやくと、真理奈ちゃんは水野さんに詰め寄る。

「そいつの家どこ？」

「家？……はっきりしらんし。夏休みは毎日塾通いみたい」

「どこの塾よ」

有名な塾の名前を聞き出した真理奈ちゃんは、水野さんの腕をがしっとつかんだ。

「行くで」

有無を言わせない口調に、水野さんは抵抗できなかったようだった。

＊

一斤王子のお店、『かわばたパン』は、わたしたちの店から徒歩数分の肥後橋《ひごばし》駅近くにある。夕方にもなれば、たいてい売り切れで閉店しているので、すでに店の前はひっそりしているが、飾り気のないすっきりした外観は、シンプルな食パンにこだわった専門店らしくて川端さんらしい。

木目もそのままの、背の高いドアを開け、「こんにちはー」とわたしは声をかける。

「ああ、どうも、清水さん」

奥から出てきたのは、いつもポーカーフェイスの西野《にしの》さんだ。少し前から『かわばたパン』で働くことになり、職人として川端さんを手伝っている。見習いだが有能な女性らしい。

「すみません、お仕事中に」

わたしはぺこりと頭を下げる。今日は笹ちゃんのお使いだ。薄く切ってもふんわりするきめ細かな食パンがほしいという笹ちゃんの要望に、ふだん買っているパンとは違う種類のものを試食させてもらうことになっていた。それを受け取りに来たところだ。

「いえ、店長がいいと言うのに、わたしが気にすることじゃありませんから」

ちっとも笑わないが、西野さんはかなりの美人だ。黒縁メガネはその美貌《びぼう》をわざと隠すためではないかと思ってしまうが、何の意図もないようだと最近は理解した。そしてたぶん、この言動も純粋な本音で、嫌味などという悪気はないようなのだ。

「いらっしゃい、蕗ちゃん」

川端さんが現れると、西野さんはさっと厨房《ちゅうぼう》へ戻っていく。川端さんはショーケースの上に数種類の食パンを並べた。

「きめの細かさならこれだけど、しっとりしてて重さがあるかな。軽いほうがいい？　だったらこれくらい？　どんなサンドイッチをつくるの？」

「わたしもまだ詳しく聞いてないんです。パンに合わせて調整はするそうなので、たぶんいろいろと試作してみるつもりだと思います」

「そうですか。じゃあ風味のほうも、もしご希望があれば言ってくださいね」

間近でにっこり微笑まれて、不覚にもクラクラした。わたしは面食いなところは一切ないつもりだったが、やっぱりうれしくなってしまう。それに川端さんは、わたしをきちんと仕事仲間として接してくれていて礼儀正しいから、つられて笑顔になれる。

「ありがとうございます！」

何より、うちのような小さなサンドイッチ屋の要望でも、細かく聞いてくれるのがありがたい。川端さんは本当に仕事が丁寧で、きちんと間違いのないパンをつくる人だ。「案外フッー」と、小野寺さんをリスペクトしているらしい西野さんは前に言っていたが、小野寺さんみたいに自由すぎる人に、パンはつくれないと思ったりする。

「たくさんあるけど、あとで届けましょうか？」

「いえ、大丈夫です。持って帰れます」

ハーフサイズで何種類か包んでもらいながら、ふとレジのそばに目をやると、花火パーティと書かれたチラシが置いてあった。

「あ、それ、小野寺さんが持ってきたんですよ」

小野寺さんは人気者で顔の広い人だが、川端さんは、小野寺さんと話すときや彼の話題になると、かすかに眉根に困惑が浮かぶ。けっして仲が悪いというわけではないが、川端さんにとって、あの突飛で気ままな言動は理解しづらいようなのだ。

「小野寺さんが花火パーティをするんですか？」

チラシの絵は小野寺さんが描いたのだろう。花火を手にした子供たちが笑っている。

絵本作家らしい、かわいらしくて味のある絵だ。

「というか、みんなでやりませんか？　ってことみたいです。手持ちの花火、子供のころはよくやったけど、最近はなかなか場所がないでしょう？　それで小野寺さんが、近くの小学校の校庭を借りたんです。参加者が花火を持ち寄るそうですよ」

たしかに、ちゃんとした庭のある家でないと花火はできない。公園も川原も、今は花火が禁止のところが多いし、都会ではマンション住まいで、花火なんて縁のない子供もいるだろう。

「こういう遊びを思いつくのは小野寺さんらしいですね」

「ええ、当人も本気で楽しんでるし。笹ちゃんのところにも、いそいそとチラシを持って行ってるんじゃないかな」

「うまいなあ、小野寺さん。笹ちゃん、こういうの好きそうだから」

ただ、小野寺さんの笹ちゃん好きは、本気なのかどうかわかりにくい。言動が、いつも半分ふざけているような人だから。

「笹ちゃんは、好きな人いないんですか？」

意外なことを、川端さんが問う。彼も笹ちゃんが好きなのだろうかと、ちらりと思ったりするが、シスコン気味のわたしの場合、周囲の男性は誰も彼も笹ちゃんを好きになるに違いないと思ってしまうところがある。

「この前、デートしてるのを見かけたって西野さんが言うんですけど」

「笹ちゃんが、デートですか？」

それにはさすがに驚いた。

「いつですか？　どこで？　どうしてデートって思ったんでしょう？」

「さあ……、単にいっしょにいただけかもしれないけど」

もし彼氏ができたなら話してくれるはずだし、友達とか仕事の知人とか、会うことだってあるだろう。でも、好きな人がいるかどうか、訊ねたことはなかった。

笹ちゃんの好きな人で思い浮かぶのは、わたしには、ケンタくんという俳優さんくらいだ。彼のファンで、映画やドラマは必ず見るけれど、他の男性の名前が同じくらい親しみのこもった調子で語られたことはない、と思うのだけれど。

「蕗ちゃんは？」

「え？」

「好きな人」

まさか興味ある？　いやいや、勘違いしてはいけない。きっと川端さんにとって単なる礼儀だ。笹ちゃんのことだけを訊いては申し訳ないと思ったに違いない。

「いやもう、わたしなんかのことはいいですよー。あ、そ、そういえば、キュウリの好きな女の子が、〝新井さんのお日さまキュウリ〟っていうキュウリをにせものだって言われて、落ち込んでるんですよね」

　つい、人のことに話をそらしてしまった。

「でも、にせものって言い方、変ですよね。どんなキュウリも、誰かが一生懸命つくったものだし、正真正銘キュウリなのに」

　彼女の片想いは、ちょっとばかり気になっている。好きな人とうまくいかないのはつらいから。たいして恋愛経験がないわたしでも、それくらいはわかるから。

「うーん、〝新井さんのお日さまキュウリ〟っていうのはブランド名ですよね。で、女の子のキュウリが偽ブランドではないとすると、男の子はブランドではなく新井さんという人にこだわりがあるんじゃないかな」

　わけのわからない話だろうに、川端さんは、まじめに答えてくれる。

「人、ですか？」

「たとえば『かわばたパン』は今のところ僕がすべてつくってますが、もし二号店を出したりして、そこを誰かに任せたら、『かわばたパン』を必ずしも川端がつくってるわけではないことになります」

「あ……、なるほど。それじゃあ、新井さんも農場を広げたとか？」

　新井さん本人がつくったものだけを、彼は本物だと言いたいのかもしれない。とすると、新井さんというのはどんな人なのだろう。

「川端さん、ありがとうございます。彼女の助けになるかもしれないなら、わたし確かめてみます」

そうしたら、水野さんが傷つく必要はないとわかるかもしれない。

なぜ三戸くんがにせものだなんて言ったのか、けっして水野さんを遠ざけようとしたわけではないなら、お互い誤解したままなのはちょっと悲しい気がするから。

「その子が笑顔になれるといいね」

わたしはきっと、頬を赤らめてしまっていただろう。

*

知花は成田真理奈に連れられて、三戸の通う塾へ突撃したが、あっさりと撃沈していた。

塾前まで行ったところ、ちょうど出てきた三戸とばったり会って、気が動転してしまった。偶然を装おうにも、どうしようもなく不自然になり、逃げ出してしまったのだ。三戸にはますます迷惑な女だと思われたことだろう。

落ち込んで、道ばたにしゃがみ込んでいたら、真理奈が追いかけてきて言った。

「なあ、おなかすかへん？」

そうして、ふたりでドーナッ屋に入った。

「三戸くんに訊いてみたけど、答えてくれへんかった」

そう言うと真理奈は、粉砂糖のかかったドーナツにかぶりつく。

「キュウリのこと？」

「うん、無言で友達と行ってしもた」

知花はアイスミルクティーをかき混ぜる。

「ごめんね」

「なんで水野さんがあやまるん？」

「成田さんのおうちが、にせもの売ってるわけないのに」

三戸はやっぱり、知花のことが迷惑でそう言っただけなのだ。

「でもあの子、水野さんのこと、何か言いたげに見てた。ちょっと追いかけようか迷ったみたいやったけど、友達に呼び止められてん」

「もう、ええの。中学のときと同じじゃなんて、わたしが思い込んでただけやし。別々の高校へ行ったら、誰だって変わるよね」

知花は、変わるまいとがんばっていたような気がする。部活にキュウリを持っていって、ひとりで丸かじりして。もうキュウリ仲間はいないのに、ちょっと変な子だと思われても、中学のときと同じ自分でいたかった。

変わらなければ、三戸との約束も続いていると思えたから。

「水野さんって、あせるとおもしろいな。なんか、動きが小動物っぽい」

でも、知花だってもう、中学のころと同じではないのだろう。

「成田さんも、おもしろいわ。行動力すごくて」

「キュウリ、きらいになったりせえへん？」

「うん、ほかにもおいしいキュウリあったら教えてや」

「ええよ、いろいろあるし」

キュウリはおいしい。でも、〝新井さんのお日さまキュウリ〟は、前より少し苦く感じてしまうだろう。

「水野さん、チョコレートついてるで」

真理奈が笑いながら指差す。知花は手鏡を取り出して頰のチョコレートをぬぐう。

「いやや、なんでこんなとこにつくん？」

ふたりで笑い合うと、気が晴れるようだった。

「あれ？　落としたかな」

鏡をしまおうとした知花は、カバンのポケットに入れていたものがないのに気がついた。

「何かなくした？」

た。

「花火パーティとかいうチラシなんやけど。サンドイッチ屋さんでもらって……」

キューカンバーサンドイッチ注文券、と店の人が書いてくれたあれがなくなってい

た。

「花火って、小野寺さんが配ってたあれ？　ほら、さっき靭公園で会った男の人。わたし、そのチラシ持ってる。みんなで花火をしようってやつやろ？」

真理奈がカバンから取り出したのは、たしかに知花がもらったチラシと同じものだった。しかし知花にとっては、裏に書かれた文字に意味があったのだ。

せっかくもらったのに。そんなふうに思うのは、キュウリのサンドイッチを食べてみたかったのだろうか。キュウリの魅力を力説した、あの人がつくるキュウリのサンドに興味を持たなかったといえばうそになる。

でも、なくしてしまったのは、縁がなかったということかもしれない。三戸と、キュウリのつながりが途切れてしまったように。

「いっしょに行く？」

そう言った真理奈は、知花が花火をしたくてチラシをもらったと思ったのだろう。

「うん、行く」

知花は素直に頷いていた。もう、三戸と花火を見ることはないのだ。忘れよう、そう思った。

＊

小野寺さんの事務所は『ピクニック・バスケット』にほど近い雑居ビルにある。翌日わたしは、店の仕事を終えたあと、そこを訪ねた。

狭い階段を三階まであがり、開けっ放されていたドアの前に立つ。ビーズ暖簾《のれん》がぶら下がっているだけの入り口からは、奥が丸見えだ。手前に子供用のビニールプールが置いてあり、しっかり水が入っている。プールの中にも周囲にも、浮き輪や水鉄砲といったオモチャが散らばっていたが、室内もオモチャだらけなのは相変わらずだ。

天井からぶら下がるプラモデルの飛行機、恐竜の模型、人形やぬいぐるみや、わたしにはよくわからないキャラクターものや戦隊もののグッズの数々。それらを囲むように本棚があり、その向こうを覗き込むと、小野寺さんのデスクがある。デスクには、虹色のサスペンダーをした突っ伏している背中があった。

「小野寺さん、起きてます？」

声をかけると、彼はムクリと起きあがった。

「ああ、……蕗ちゃん。どないしたん？」

「ここ、暑いですね。クーラーかけてないんですか？」

「壊れてん」

それで入り口を開けっ放ししているらしい。ビニールプールのそばで回る扇風機は、空気を冷やすのに役立っているのだろうか。

「ところで小野寺さん、藤井寺の農家の人に知り合いなんていません？」

「農家？　なんで？」

「新井さんがどんな人なのかと思って。キュウリ農家の」

「それやったら、成田さんに訊いたらええんちゃう？　新井さんのは成田青果店が売ってるんやろ？」

「あ、そっか……」

「よっしゃ、行こか」

そう言って、小野寺さんは急に立ち上がった。

「え、どこへ」

「成田さんとこやろ？」

そうして、なぜか小野寺さんといっしょに行くことになってしまった。

行動に予測のつかない人だ。最初はそのへんが苦手な気がしていたが、だんだんおもしろいと感じるようになったのはどうしてだろう。たぶんわたしは、ここへ来たころは心に余裕がなかったのだ。今は少しおおらかになれて、思いがけないこと、予定どおりじゃないことを、楽しめるようになってきている。

自分のことだけでなく、周囲のいろんな人に興味が持てて、誰かの力になりたいと思えるようになった。笹ちゃんのサンドイッチが、お店に来る人を笑顔にするように、わたしもここで人とかかわっていきたい。小野寺さんは、自然にわたしを巻き込んで、人の輪に入れてくれる。そんなふうに導いてくれるような気がしている。

だから本当のところ、小野寺さんが協力してくれるのはありがたかった。

勢いのままにやって来た成田青果店で、見るからに気のいい雰囲気の成田さんは、親しみのこもった笑顔でわたしたちを迎えてくれた。

「蕗ちゃん、いらっしゃい」

わたしはぺこりと頭を下げる。小野寺さんも会釈する。

「おや、小野寺さんも？　今日は何か入り用で？」

「僕は蕗ちゃんの付き添いです」

「じつは、このキュウリをつくってる人のことを知りたいんですが」

わたしは、店頭にあった〝新井さんのお日さまキュウリ〟を指差した。

「ああ、その人ならちょうど来てるよ」

成田さんが視線を向けた店先で、茄子《なす》を並べている人がいる。若くて金髪で、眉毛がなくて、ピアスをしている。ちょっとわたしはたじろいでしまうが、小野寺さんは意に介さず、その人に近づいていった。

「〝新井さんのお日さまキュウリ〟って、きみがつくってんの?」

しかもなれなれしい口調だ。

「はあ、そうやけど」

ちらりとこちらを見ただけで、青年はそのまま作業を続けている。

「ずっと前から?」

「前から手伝ってたけど、オヤジさんが足悪くして、引退するっていうんで、今年からはおれがつくってます」

今年から、作り手が変わっている? 三戸くんはそれを知っていて、以前のキュウリとは違うと言ったのだろうか。

「三戸くんって知ってる?」

いきなり訊くか? と思ったけれど、彼はその名前に、こちらへの警戒心が消えたらしく、作業の手をとめて立ち上がった。

「なんや、真哉くんの知り合い? オヤジさんの孫やん?」

「そう、その三戸くんに〝新井さんのお日さまキュウリ〟を勧められてん」

小野寺さんはうまく話を合わせるが、わたしは驚いていた。つまり三戸くんは、おじいさんがつくったキュウリを水野さんに勧めていたが、今年のはこの青年がつくったキュウリだからと不満を感じていたことになる。

「おれは顔見たことがあるくらいやけど、オヤジさんはよく真哉くんの話をしとった」

金髪の青年は、その話しぶりからすると、新井さんとも三戸くんとも親戚《しんせき》というわけではなさそうだ。

「かしこい子なんやろ。ええ高校入ったって聞いたわ。オヤジさんのキュウリつくりたいって子供のころはようゆうてたけど、別の夢ができたんやて？　ほんでも真哉くんはキュウリがすごい好きやから、残したいってオヤジさんに頼まれてな」

「それであなたが……」

「味は変わってないはずや。オヤジさんに教えてもらったとおりにつくってる。おれもオヤジさんのキュウリは好きやし、残したいし」

聞けばその人は、新井さんの家の近くに住んでいて、いろんな仕事が長続きせずにぶらぶらしていたが、なんとなく新井さんを手伝うようになって農業に興味を持ったのだという。

今ではすっかり一人前になり、責任を持って〝新井さんのお日さまキュウリ〟を引き継いで、まじめに農業に取り組んでいる。成田青果店へ納品に来ると、店の陳列まで手伝ってくれるのだと、成田さんは感謝していた。

「三戸くんは、おじいさんがつくったキュウリしか認めたくないのかな」

帰り道を小野寺さんと歩きながら、わたしはため息まじりにつぶやく。

「そんなことはないんちゃう？」

小野寺さんはそう言い、それから少し迷って、また口を開いた。

「今日、たぶん三戸くんやと思うけど、僕の事務所へ来たんや」

「えっ、小野寺さんのところにですか？」

「ほら、あの花火パーティのチラシを見て。僕の事務所の住所、書いてあったやろ？　それ、拾たって言うてな、裏に『キューカンバーサンドイッチ注文券』と『ピクニック・バスケット』って笹ちゃんの字で書いてあった」

注文券？　キューカンバーサンドイッチ？　わたしは首をひねるばかりだ。

「笹ちゃんが、あのキュウリ好き女子高生に渡したんちゃうかな。その子が落としたみたいなこと言うてた。で、三戸くん、やけにキュウリのサンドイッチに興味あるみたいやったし、『ピクニック・バスケット』の場所教えといた」

好きだったキュウリを拒絶して、でもやっぱり彼は、キュウリをきらいにはなれないのだろうか。そうだったなら、三戸くんに笹ちゃんのキューカンバーサンドイッチを食べてもらいたい。そのままでもおいしいキュウリに、もっとステキな魔法をかけるのが、笹ちゃんのサンドイッチだから。

花火パーティの日、わたしたちは店を閉めたあと、キューカンバーサンドイッチをつくりはじめた。

『かわばたパン』でいろいろ試食させてもらったのは、このためのパンを選びたかったからしく、笹ちゃんは、きめ細かでほんのり甘い食パンを選んだ。薄く切ってもきちんと弾力があるし、香りもいい。おとなしいキュウリをほどよくアシストしてくれるパンだ。

「ねえ笹ちゃん、来るかな」

わたしは、薄切りしたパンにしっかりバターを塗っていく。ふだんのサンドイッチより多めのバターだ。

「来るよ。来てほしいなあ」

笹ちゃんは、キュウリを理想的な厚さにスライスする。キッチンのドアの外で、コゲがニャアと鳴く。キュウリに気づいているのだろうか。

「蕗ちゃん、店の外に誰かいるのかも」

そう言う笹ちゃんは、コゲの鳴き方を聞き分ける。わたしにはまだまだ難しい。

キッチンを出て、閉店後は内側にカーテンをおろしてあるドアのほうへ歩み寄る。

ガラスの向こうに人影があるのは、カーテン越しにぼんやりとわかる。きっと彼だ。期待しながらわたしはドアを開ける。

いきなり店の中から人がでてきて、たじろいだ少年は、数歩後ずさった。目がぱっちりしていて人なつっこい印象で、細い体にグリーンの縦縞シャツはなんとなくキュウリっぽい。なんて思ったのは先入観だろうか。

「いらっしゃいませ」

「あの……、ここもう閉まってるんですよね？」

わたしは、彼が手にしている花火パーティのチラシに目をとめる。あれはサンドイッチ注文券だ。

「注文券、お持ちですか？　でしたらどうぞ」

「え、あの、でもこれは拾ったんで……」

「大丈夫ですよ」

おずおずと、彼は店内に入ってきた。イートイン用の椅子を勧め、わたしは券を受け取った。

「この券、水野知花さんの落とし物ですよね。キューカンバーサンドイッチ、彼女が好きな〝新井さんのお日さまキュウリ〟でつくってるんです」

「でも……、そのキュウリはもうないんです。今のは、同じ名前でも別物やから」

「今のは食べたことがあるんですか？」

聞くと彼は首を横に振る。

「じゃあ、違いがあるかどうかわからないんじゃないでしょうか」

「違ってたら？　丸かじりって、本当にキュウリの味がはっきりわかるんで、食べてみて違うって思うかもしれないのがイヤなんです。苦味を感じるかもしれないから……、ちょっとでも苦かったら、ぜったいむかつくから」

何に、誰に対してむかつくのだろう。新しいつくり手の青年？　それとも、引退したおじいさん？　それとも……。

「キューカンバーサンドイッチ、食べたことあります？」

笹ちゃんがキッチンから出てきて言う。彼はまた首を横に振る。

「ぜひ試食してみてください。あなたがよく知っている〝新井さんのお日さまキュウリ〟とは違うかもしれませんが、食べたことのないサンドイッチなら、今まで一番だったキュウリと違っていても当然でしょう？」

できあがったばかりのキューカンバーサンドイッチがお皿に並んでいる。それを笹ちゃんはテーブルに置いた。

彼のおじいさんがつくるキュウリはもうない。でも、同じ名前のキュウリはある。三戸くんは、それを丸かじりして違うところを見つけてしまうのがイヤだという。

でも、ここにあるのはキュウリじゃなくて、キューカンバーサンドイッチだ。そのままのキュウリを味わえるけれど、そのままのキュウリじゃない。

「具はキュウリだけですか？」

彼にとっては意外だったようだ。サンドイッチのキュウリは、たいてい彩りや添え物で、メインの具材にするイメージではないかもしれない。

「ええ、キュウリを楽しむサンドイッチですから」

「それに、小さくないですか？」

「つまんでひとくち、っていうサイズです」

あまりにもシンプルで、これだったらまるごとのほうがしっかりキュウリを味わえて食べ応《ごた》えがあるに違いない、といぶかしんでいるのか、彼は斜めから横からサンドイッチを観察した。

「注文券なんてつくったのは、水野さんに食べてほしいと思ったからなんです。彼女に、キュウリを嫌いになってほしくないから。そう思いません？」

その言葉に背中を押されたのか、三戸くんは思い切ったように口に運んだ。

「おいしい……」

そうして、驚いたようにつぶやく。

「それに、こんな食感とか味も、はじめてです」

笹ちゃんがつくったものだけど、わたしは誇らしくなって頷いた。

キュウリのほどよい厚さは、硬すぎずやわらかすぎず、パンのソフトな感触にちょうどよいくらいに皮の削《そ》ぎ具合を調節している。

ふだんより多めに塗ったバターの香りと塩気がキュウリを引き立て、ソフトなパンとパリパリしたキュウリが調和する。

ふたつめに手をのばし、不思議そうに彼はキュウリの断面を眺めた。

「キュウリって、きれいな色ですね」

パンに、薄切りしたキュウリを少しずつ重ねて並べていくと、緑の断面が幾何学的な模様みたいに出てくる。ふだんのキュウリとは違う、おめかししたキュウリだ。笹ちゃんのサンドイッチは、見慣れた食べ物がよそ行きの顔になる。新たな魅力を、パンにはさむだけで引き出してしまう。三戸くんも、そんな魔法を感じたのだろう。

「おれ、水野にあやまりたいんです。八つ当たりみたいなことしてしまって。単に、おれが苛立ってただけで、あいつは悪くないのに……。ぜったいに、キュウリを嫌いになってほしくない。これ、水野に食べてもらいたいです」

「新井さんのキュウリ、今年のはやっぱり丸かじりしたくないですか？」

その質問には、悩んだようにうつむく。

「新井って、おれの祖父です。でも今年から、別の人がつくってます。おれ、小さいころからキュウリが好きで、夏休みにはいつも収穫を手伝いに行って、大人になったらじいちゃんといっしょにつくるってよく言ってました。そう言うとじいちゃんは、後継ぎができたってよろこんでくれてたんです。でも中学で進路のこと考えて、高校の見学に行ったとき、パソコンのプログラムつくってる授業があって。興味があったし、在校生の話とか聞いてたら、勉強したいなって思えて」

「それは、ステキなことじゃないですか」

夢ができたのだから、おじいさんだって応援したいと思っているだろう。

「農業を継ぐなんて言っても子供のことだから、誰も本気にしてないのはわかってました。だからじいちゃんは、地元の農協と協力して、若い人に土地を貸したり、積極的に手伝ってもらったりしてたし、おれもすんなり進路を決めたけど……。足を悪くして引退するって聞いたとき、ショックだったんです。これからもずっと、じいちゃんのキュウリを食べられるって思ってたから」

味が変わったらとか、作り手が違えばにせものだとか、そんなことは彼にとって、本当はどうでもいいことなのだと感じながら、わたしも笹ちゃんも、黙って話を聞いていた。

「じいちゃんを裏切ったみたいな気がしたんです。何十年も変わらずにつくってきたキュウリを、おれよりもっと理解してる人がいて、ちゃんと残そうとがんばってる。

なのにおれはじいちゃんから離れてく。もう、キュウリ食べる資格ないねんなって思えて」

三戸くんにとって、〝新井さんのお日さまキュウリ〟は、自分と祖父の間にいつでもある、とくべつな絆《きずな》だったのだろう。けれどもう、〝新井さんのお日さまキュウリ〟は次の世代に引き継がれた。

おいしいキュウリをこれからも食べてほしいと願う、おじいさんの三戸くんへの思いは変わらないけれど、キュウリは、あの金髪青年の生き甲斐《がい》にもなっていく。

三戸くんの中には、淋《さび》しさと自責の思いとが混じり合っていて、新しい新井さんのキュウリに、苦味を感じてしまいそうだったのだ。

「おいしいと思うなら、食べていいんじゃないかしら。食べたいものを食べるのに、資格なんていらないです。おいしいと思えたら、それ以上の理解なんて必要ないでしょう?」

笹ちゃんはおっとりとした口調で、はっきりした答えを出す。姉妹だとはいえ、わたしにとって笹ちゃんは不思議な存在だ。どこもかしこもやわらかそうな笹ちゃんは、堅い芯《しん》をどのへんに隠しているのだろう。

「これ、水野さんに届けてくれません? 水野さんの友達がここへ来たとき言ってました。今日の花火パーティ、いっしょに行くんだって」

小学校の校庭に夜七時集合、花火とおやつは各自持ち寄り。キューカンバーサンドイッチは、きっとおやつにちょうどいい。

「あなたが届けたキュウリを、水野さんに食べてほしいんです」

三戸くんは、もうひとつキューカンバーサンドイッチを手に取る。それはロールサンドにしたキュウリだ。ひとくちサイズの輪切りになっている。

「ちっちゃな花火みたいや」

キュウリの丸い断面をじっと見て、三戸くんは言った。


クッキーサイズのサンドイッチが紙の箱に詰められている。蓋《ふた》を開くと、緑の濃淡も鮮やかなキュウリと、白いパンのモザイク模様が目に飛び込んでくる。

『ピクニック・バスケット』特製の、キューカンバーサンドイッチは、なかなかカッコよくなっていて、水野さんも気に入ってくれたに違いない。

笹ちゃんとわたしが、小学校へ行ったときには、手持ちの花火があちこちで校庭を照らしていた。

花壇の石垣に、水野さんと三戸くんが座っている。線香花火が小さく光る中、笑顔のふたりの間にサンドイッチの箱がちらりと見える。

キュウリの丸かじりを思い出にしていたのは、部活帰りの中学生だったふたりだ。高校生になった彼らには、キュウリのサンドイッチが似合ったらいいなとわたしは思いを馳《は》せる。ちょっと背伸びして、少しはにかみながらいっしょにいる時間を彩るなら、キューカンバーサンドイッチはロマンチックな思い出になるだろうか。

かつてイギリスで、ティータイムのお茶請けに好まれたというキューカンバーサンドイッチ。さっぱりした口当たりと、薄くてもふわふわなパンと濃厚なバターの香りで、貴族のお茶会を彩った。食べやすくて、ひとくちサイズだからおしゃべりをじゃましない。

笹ちゃんが真理奈ちゃんを見つける。他の友達も誘っていたのだろう。数人の高校生らしい仲間と談笑している。家族連れも多くてにぎやかだ。子供たちに囲まれた小野寺さんが、わたしたちに気づいて手を振る。

笹ちゃんがイチゴジャムのサンドイッチを差し入れると、子供たちからわっと歓声が上がる。

サンドイッチは、そもそも人が集まるところにある食べ物なのだ。

オーロラ姫のごちそう

朝は誰もが忙しい。忙しい人たちが集まるオフィス街が近いとあって、『ピクニック・バスケット』も忙しい。わたしはレジに立って、次々とサンドイッチを袋に入れ、会計をする。その合間にコーヒーも淹《い》れる。もちろん笹ちゃんも、オーダーを聞き接客を続けつつ、ショーケースの中の減り具合にも気を遣っている。

ふたりで切り盛りするのはさぞ大変だろうと、朝やランチタイムに訪れるお客さんは心配してくれるが、ピークの時間はそう長くはない。

たいていの会社の始業時間が近づけば、客足は急に途切れるので、ランチタイムまで落ち着ける。ぱらぱらとやってくるお客さんは、公園へ遊びに来た人か、ごみごみした雑居ビルで働くわりと自由な勤務形態の人、といったところだ。

そんな時間、店のドアを開けたのは、ときどき買いに来てくれる母子連れだった。四、五歳くらいの女の子は、いつもピンクの帽子をかぶっている。斜めがけにしたカバンもピンクで、保育所の名前が入ったバッジがついている。きっとお母さんは、女の子を保育所へ送り届けたあと仕事場へ向かうのだろう。サンドイッチは、子供のお弁当代わりだろうか。

いつものように女の子はショーケースを覗《のぞ》き込んだが、いつもの笑顔がなく、ご機嫌斜めに見えた。そうして、お母さんのほうをちらりと見て、首を横に振った。

「いらんの？　ほら、ピンクのサンドイッチ、あるよ」

女の子はいつも、それを買っていく。でも今日は、イヤだというように首を横に振る。

「じゃあ、別のにする？」

また首を振る。

「あかんよ。今日は給食ないんやから、何か買おうや」

それでも女の子は、かたくなに唇を結び、うんともすんとも言わなかった。お母さんはあきらめたのか、代わりにタマゴサンドを選んで買った。

それを女の子のカバンに入れる。そうしてまた、母子で手をつないで店を出ていく。

ちょうどドアのところで、小野寺さんとはち合わせしたとき、母親は笑顔で会釈した。

そのまま母子は行ってしまったが、入れ替わりに入ってきた小野寺さんに、わたしは何気なく訊《き》いた。

「今の人、知り合いなんですか？」

「うん、絵本のイベントによく来てくれる。小池《こいけ》アコちゃん、僕のファンなんや」

女の子はアコちゃんというらしい。

「お母さんは、このへんで働いてるんでしょうね」

「この先の歯医者さんに勤めてたんちゃうかな。で、近くの保育所にアコちゃんあずけてんのやろ」

絵本作家の小野寺さんは、市内各所で子供向けのイベントなどもよく企画していて、子供たちやそのお母さんたちとも交流が多いらしい。わたしはここへ来たころ、年齢を問わず女性の知り合いが多い小野寺さんを怪訝《けげん》に思い、警戒したものだった。

「あの子、ピンクが好きですね。サンドイッチもピンクっぽいものに目が行くみたい」

「ハムサンド？」

「ソーセージです。とくにこれ」

わたしがショーケースの中を指差すと、小野寺さんは納得したように頷《うなず》いた。でもアコちゃんは今日、いつものサンドイッチを買わなかった。

笹ちゃんが、コロッケサンドを手にキッチンから出てくる。

「小野寺さん、揚げたてありますよ」

「ありがとう。じゃあそれもらうわ」

それから笹ちゃんは、ショーケースの中を確かめ、あれ？　という顔をした。

「さっきのお母さん、フィッシュソーセージサンド買わなかったの？」

「うん、ピンク好きの女の子でしょ？　どういうわけか今日は、いらないって言って、お母さんが違うのを買っていったの」

するとと笹ちゃんは、頰に手を当てて考え込んだ。

「どうしたんだろ……。ここのサンドイッチ、きらいになっちゃったのかしら」

「そんなわけないよ。いつもうれしそうに買ってたじゃない。たまには違うものが食べたかっただけじゃない？」

「僕は毎日でも飽きへんけどなあ」

「でもね、あの女の子、この前おばあさんといっしょに来たんだけど、そのときちょっと、おばあさんにたしなめられてて」

笹ちゃんは、女の子のことで頭がいっぱいだったのか、小野寺さんのほめ言葉は聞き流した。

「おばあさんと来たの？　知らなかったな」

「お昼過ぎの時間だったから、蕗ちゃんは休憩中だったかな。保育所がお休みだったのかしら、女の子は、おばあさんにこの店のこと教えたかったみたいで、わたしはすごくうれしかったんだけど」

「じゃあそのときはフィッシュソーセージサンドを買ったの？」

「ううん、女の子はそれがいいって言ったのに、おばあさんが別のにしなさいって」

好き嫌いはよくないからと、おばあさんはニンジンが入っているものを勧めたらしい。でも女の子はニンジンは苦手だと言って表情を曇らせたという。結局は、フィッシュソーセージとニンジンと、二種類を買っていったのだというが、おばあさんの押しが強かったと笹ちゃんはため息をついた。

細く切ってオリーブオイルで炒《いた》めたニンジンは、しっとりやわらかくてあまさもあり、子供でも食べやすくなっている。チーズと重ねて、見た目の色も味も、想像以上にくせになるのだが、幼い子供にしてみれば、しっかりニンジンの入ったものは、ハードルが高いのかもしれない。

「好き嫌いのことで叱られたりしてないかな……。ニンジンもフィッシュソーセージも、きらいにならないでほしいのに」

誰にでも好き嫌いはあるけれど、どんな食材でも楽しく食べてもらいたいと、笹ちゃんはがんばっている。つい手をのばしたくなるような彩りや華やかさ、重ねた食材の意外なハーモニー、サンドイッチにはそんな魅力があるはずなのだ。

「野菜嫌いのための絵本、あるねんけどな」

小野寺さんはカバンから絵本を取り出す。作・小野寺青心《せいしん》と書かれた表紙は、キャラクター化されたニンジンとピーマンの絵だ。

「嫌われ者のニンジンとピーマンが、団結していいヤツになろうとするんや」

ちょっとおもしろそうかもしれない。

「その絵本、お借りしてもいいですか？　女の子がまた来たら、見てくれるかもしれないし」

「ええよ」

それから小野寺さんはいつものようにコロッケサンドをトレーに載せて、カウンター席に陣取った。

お客さんが途切れたあいだ、わたしはキッチンで笹ちゃんの調理を手伝う。フィッシュソーセージは、子供のころに母が常備していたのを思い出す。そのままおやつになったり、サラダや炒め物になって食卓にものぼったものだったが、成長したらなんとなく食べなくなった。どうせ食べるならふつうのソーセージのほうがいいと思うようになったのはなぜだろう。なんとなく、フィッシュソーセージは子供向けの食べ物のような気がしていたのだ。

かわいいピンク色でやわらかくて、香りも味も強い主張がないからか。笹ちゃんがサンドイッチに使っているのを知って、懐かしくなると同時に、あらためて食べてみると、サンドイッチによく合うことに驚いた。どんなフィリングやスプレッドともケンカしないシンプルな味、ふわふわのパンと自然とひとつになる食感。淡泊な味わいだけれど、まるいピンクが一列に並ぶ断面は、見た目も華やかになる。

「笹ちゃん、カツサンドの追加はいいよ。今日はとくに暑いから」

仕事に戻ったわたしは言う。

「そっかー、みんなあっさりしたものが食べたくなるよね」

そうしてやっぱり、夏は少し売り上げが落ちてしまう。

「蕗ちゃん、もしかして今月赤字？」

「どうにか大丈夫、アイスコーヒーがよく売れてる」

「ホント？　よかったー。蕗ちゃんがいてくれて。安心してサンドイッチ作りに専念できるようになったもんね」

コーヒーを売ることにしたのはわたしの提案だった。笹ちゃんは、サンドイッチは最高だけれど、商売っ気に欠けるところがあった。

『ピクニック・バスケット』は、二人三脚で走り出したところだ。わたしはようやく、そう実感できるようになってきた。笹ちゃんのお荷物ではなく、パートナーだと思って働いている。

「まだまだよ、息の長い店にしないとね」

力が入ってしまう。笹ちゃんに頼られると、わたしは俄然《がぜん》やる気になるのだ。笹ちゃんはというと、「蕗ちゃんは頼もしいなあ」なんて他人事《ひとごと》みたいに言うのだから、自分の店なのにちょっと抜けている。でも、おいしいものに向けられる笹ちゃんの情熱は、この店の原動力だ。それがなければ始まらないから、わたしは笹ちゃんが力を発揮できるようにしたいのだ。

「そうだ蕗ちゃん、明日《あした》の土曜日、お店が終わったらわたし、出かけるね」

フィッシュソーセージをパンに並べながら、笹ちゃんは言う。店の定休日は日曜日だ。土日が休みのオフィス街が近いので、土曜日もお客さんが少なくなるため、『ピクニック・バスケット』はランチタイムの営業のみになっている。

「そう、わかった」

「帰り、遅くなるかも」

わたしはふと、前に川端さんが言っていたことを思い出していた。

「誰かと会うの？」

「うん、前につきあってた人」

あっさりと言うものだから、聞き流しそうになった。キッチンのガラス窓からちらりと店の様子をうかがうが、小野寺さんに聞こえるはずはない。ほっとすると同時に、わたしひとりで妙にドキドキしている。

「フランスのレストランで働いてたんだけど、帰国したんだ」

「その人とは……、もう、別れてるの？」

「ずっと前のことだよ。もう何年も会ってなかったし、ただの友達。前にホテルのレストランで働いてたときの先輩で、料理の話はいつもすごく刺激になるから」

この前笹ちゃんといっしょにいたというのは、その人なのだろうか。帰国して、笹ちゃんに会いに来て、笹ちゃんも抵抗なく会う気なのだから、もしかしたらお互いに今でも……、なんていろいろ考えてしまうのはわたしの悪いくせだ。

でも、やっぱり気になる。どんな人なのだろう。

笹ちゃんがどういう人を好きになるのか、そうしてわたしは、その人を好きになれるのか。友達だと言うけれど、シスコン気味の妹としては、厳しい目になってしまいそうだ。

「店に来てくれればいいのに。わたしも会えるし」

「蕗ちゃん、意地悪しない？」

「どうしてわたしが意地悪すると思うの？」

「んー、……なんとなく」

子供のころ、笹ちゃんをいじめていた男子に仕返しをしたことがある。その子は笹ちゃんが好きだった。と知っていたから、たぶん追い払った。でもわたしは、笹ちゃんに優しい男の子となら、ちゃんと仲良くできる。

元彼は、そのいじめっ子に似ているのだろうか。もしかしたら、笹ちゃんのことをふったのに、また近づいてきたとか？

「意地悪、するかもしれない」

マッシャーを握る手に力が入ってしまった。

＊

『ピクニック・バスケット』という看板は、路地の手前にひっそりとあった。店の入り口は公園側だと書いてある。小池滋子《しげこ》が前に来たときは、公園側から入ったのだったが、道路側にも入り口があるのだろうと思っていた。看板が示しているのは、ビルとビルの隙間といった路地だ。

狭くて薄暗く、視線を上げると配線やダクトもむき出しになっているのは見た目も悪く、滋子は眉《まゆ》をひそめたくなる。それでも、路地に人を誘うように並ぶ、ハーブのプランターや、コンクリートの壁に貼り付けた白い板の装飾は悪くない。

トンネルのような路地を抜けると、公園の緑とまぶしい日差しが滋子に降り注いだ。緑に囲まれた、白いドアと赤いひさし、かわいらしいその店は、おとぎ話にでも出てきそうで、アコが気に入るのも無理はない。

しかしアコはまだ四歳だ。何でも見た目だけで好きだきらいだと決めつける。本当にいいものは、親が教えなければならないのに、息子夫婦は無頓着《むとんちゃく》だ。

滋子は気を引き締めて、上のほうがガラス格子になった白いドアに近づいていった。

「いらっしゃいませ」

キビキビした元気な声は、ポニーテールの若い店員だ。接客態度も丁寧だし、好感が持てる。もうひとり、店にいるのは、少し年上の女性で、サンドイッチをつくっているのだろう、キッチンへ出入りしている。やさしげで落ち着いた雰囲気の彼女が店主のようだ。

たぶんいい店なのだと思う。でも、滋子にはどうしても引っかかることがある。

「フィッシュソーセージサンド、ありますか？」

すると、ポニーテールの店員が申し訳なさそうな顔をした。

「すみません、今日はもう売り切れてしまって」

それを買いに来たのに、どうしようかと思いながら、ショーケースの中を見まわす。別のものを買う気になれず、帰ろうかと思ったとき、店員が言った。

「あの、ひとつだけ、取り置きのフィッシュソーセージサンドがあるんですが、キャンセルになったので、もしそれでもよろしければ」

「キャンセルに？」

「あ、はい。キャンセルというか、いつも買ってくださるお客さんがいるので取っておいたんです。でも今日は来られなかったので」

「いいんですか？」

「はい」

「ほんならそれいただきます。お店で食べたいんやけど、アイスコーヒーもお願いしますね」

滋子は、サンドイッチとコーヒーの載ったトレーを手に、テーブル席に腰をおろす。ランチタイムを過ぎているせいか、客はたまに入ってくるが、イートインスペースにいるのは滋子だけだ。

滋子は、サンドイッチの包み紙をはがし、断面をよく眺める。ピンク色のソーセージに、オーロラソースもピンク、薄切りトマトとアスパラが鮮やかな色を添えて、目を引くしおいしそうな色合いだ。しかし滋子はつい眉をひそめてしまう。

「おねえさん、これって魚肉ソーセージなんよね？」

テーブルを拭《ふ》きに近くへ来た、ポニーテールの店員に声をかける。

「はい、そうです」

「このごろはフィッシュソーセージっていうんですね。なんか違うもんみたいやわ」

「同じものなんです。昔ながらの、お魚のすり身を使ったソーセージで」

滋子はひとくち食べてみる。たしかに魚肉ソーセージの味だ。

「ほんま、昔と同じやわ。ここ、若いかたがやってはる今風のお店やのに、どうしてこんなもん使ってるんです?」

安物の味、滋子にはそう思える。店員の女性は困ったらしく、何か言おうとして口ごもる。

「近ごろ人気の食材なんですよ。お魚だから、ローカロリーでヘルシーだってことで」

もうひとりの、調理をしているほうの女性がショーケースの向こうから助け船を出した。

「けど、魚肉ソーセージっていうと、添加物だらけやないんですか?」

「いいえ、そんなことはありません。安全な食品を扱ってるところから仕入れていますから、大丈夫ですよ。最近は添加物に気を遣ったフィッシュソーセージが多いですし。昔とは違って、着色料も天然のものになってるんです」

滋子が子供だった昭和のころと今とは違う。食べ物の安全には厳しくなった。それでも滋子はまだ納得できない。

素材が淡泊な分、塩分が多いように思えるし、パンには甘口のオーロラソースが塗ってあって、滋子にはくどい味付けに感じられる。アスパラとトマトが入っているとはいえ、添え物程度では野菜が少ないし、栄養バランスはどうなのだろう。

「お子さんでも大丈夫です。わりとお子さんに人気なんですよ」

「子供はケチャップやマヨネーズが好きやもんね。オーロラソースやったら、食べ慣れた味やしね」

ケチャップとマヨネーズを混ぜただけのソースだから、どこの家でも簡単につくれる。それに安いフィッシュソーセージをはさんだだけだ。

サンドイッチなんて簡単なものを、どうしてわざわざ買うのだろう。家でつくればいいのにと、滋子は思う。お店のサンドイッチは手の込んでいるものもあるだろうし、家でいろんな種類をつくるのは大変だけれど、一種類だけならそれほど時間はかからない。魚肉ソーセージを使ったサンドイッチを買うくらいなら、もっと子供の成長を考えたおいしいものが家でもできるはずだ。

そんなことを思いながら、あっという間に食べ終えてしまった滋子は、アイスコーヒーを飲み干すと立ち上がった。

「ごちそうさま」

そうして、トレーを下げに来たポニーテールの女性に、つい言いたくなってしまう。

「わたしね、魚肉ソーセージにはいい記憶がないんです。子供のころ、鍵《かぎ》っ子で、学校から帰るといつも魚肉ソーセージが置いてあって、それしか食べるもんがなかったから飽き飽きしてたんですよ。あれ、常温で長持ちするから買いだめしてるんですよね。そりゃあ、母は楽ですよ。仕事をしてたから、まともな料理なんてなくて、食事はレトルトカレーやら冷凍ハンバーグやら、そんなんばかり。子供のころに、ちゃんとしたもん食べなあかんと思うんですよ」

彼女は困惑していただろう。滋子は言いたいことだけ言ってしまうと、逃げるように店を出た。

彼女を困らせたかったわけじゃない。ただ、魚肉ソーセージを食べたがる孫の気持ちがわかるだろうかと、食べてみたくなったのだ。でも結局、おいしかったのかどうか、何もわからない自分がいやになっただけだった。

＊

「アコちゃん、来なかったね」

笹ちゃんはため息まじりにつぶやく。あれから、小池さん母子は店に来なくなってしまった。水曜日か金曜日に来ていた、と笹ちゃんは言うが、わたしは曜日までおぼえていなかったから、営業担当としては反省しなければならない。

ともかく、ふたりが来なくなったのはたしかで、笹ちゃんはしょんぼりしている。

「笹ちゃん、あのおばあさんのせいじゃない？　フィッシュソーセージ嫌いだから、アコちゃんに食べさせたくないのよ」

この前、ひとりでやってきたおばあさんは、なんだか文句を言いに来たかのようだった。アコちゃんといっしょに来たことがあるおばあさんだと知らなかったわたしは、彼女が帰ったあとで笹ちゃんから聞いて驚いたのだ。

アコちゃんのために取っておいたフィッシュソーセージサンドを譲ってしまったが、あのおばあさんに売るべきではなかったのかもしれない。

「フィッシュソーセージのこと、そんなにきらわなくてもいいのに。だいたい、アコちゃんの好き嫌いはここのサンドイッチと無関係じゃない。笹ちゃんも気にすることないよ」

上品そうな人だったけど、それだけにしつけには厳しいのだろう。アコちゃんも大変だ。

「でも蕗ちゃん、わたしのつくったサンドイッチのせいで、アコちゃんの好き嫌いがひどくなったら?」

「笹ちゃんのサンドイッチが好きでよく食べるからって、どうして好き嫌いがひどくなるの?」

「その、だから……、おばあさんに叱られる原因になったかもしれないし」

おいしいお店を教えたいと、おばあさんを連れてきたのに、こんなもの食べちゃダメだなんて言われたりしたら、たしかにショックが大きそうだ。でもそれも、笹ちゃんのせいではないと思う。

「メニューからはずそうかな」

メニューボードをにらみながら、そんなことまで言う。それほど弱気になるなんて、笹ちゃんらしくない。いったいどうしたのだろう。

店に出しているサンドイッチは、自信作ばかりだ。誰もが気に入るわけではなくても、気に入ってくれる人がいるから店は続いている。ひとり気に入らない人がいるからって、メニューからはずすだなんて、今までにはなかったことだから、わたしはあせった。

「やめることないよ。売れてるのに。あっさりめで食べやすいって、暑くてもこれは食べたくなるって言ってくれるお客さんがガッカリするよ」

今月の売り上げ目標のためにも、やめるわけにはいかない。

「オーロラソースだって、笹ちゃん特製でしょ？　食べ慣れた味って、おばあさんは言ってたけど、市販のとは一味違うんだから」

ケチャップとマヨネーズをただ混ぜたわけじゃない。どちらも手作りだし、オーロラソースにするには隠し味も使っている、らしい。笹ちゃんは、またため息をつく。

「特製かあ。もしかしたら、慣れた味のほうがいいことだってあるよね。難しいな」

なんだか、笹ちゃんが変だ。アコちゃんがフィッシュソーセージサンドを買いに来なくなったのは、そんなに笹ちゃんを悩ませることだろうか。どうして、自分のサンドイッチのせいだと思うのだろう。

この半年あまりで、わたしは『ピクニック・バスケット』のすべてを理解したような気になっていたが、笹ちゃんのサンドイッチに込める思いは、もっと複雑なのかもしれない。

どうすれば笹ちゃんを励ますことができるのだろう。いやいや、わたしまで悩んでいてはますます暗くなってしまう。気持ちを切り替え、店の片づけを終えたわたしは、『かわばたパン』を訪れることにする。取り置きのパンを受け取りに行けば、ふっくらしたパンの香りに癒《い》やされるだろう。一斤王子の笑顔にも、などとちらりと浮かんだことは、とりあえず頭から追い出した。

「こんにちは」

店へ入っていくと、ちょうど売り場の掃除をしていた西野さんと目が合った。

「どうも」

無愛想なのはいつものことだが、少しずつ、お互い顔なじみになってきている、ような気がする。そんな彼女がめずらしく、わたしを手招きした。レジカウンターの内側へ入り、そこにあった雑誌を開く。

「この人です」

とだけ言って彼女が指差したのは、津田尚志《つだひさし》というフランス料理のシェフのことを書いたページだ。誰？　と首を傾げるわたしに、彼女はまた言う。

「この前、清水さんのお姉さんとデートしてた人です」

「えっ、この人が？」

わたしは飛びつくように雑誌を取りあげた。

パリのレストランでシェフを務め、帰国したとある。今は京都の、庭園で有名な建物を使ったレストランで、二年間の契約でシェフをしているらしい。インタビューでは、前に笹ちゃんが働いていた神戸のホテルにいたことも、スー・シェフだったということも語っていた。

たぶん間違いない、この人が笹ちゃんの元彼だ。何より写真を見て、ケンタくんに似ていると思ったわたしは腑《ふ》に落ちた。笹ちゃんがケンタくんのファンなのは、この人と似た雰囲気だからではないか。どちらを先に好きになったのかわからないが、キリッとした眉毛や目元、肩幅が広くて頼れそうな印象が、笹ちゃんの好みなのかもしれない。

「かっこいいですね」

西野さんは、こういうタイプをカッコイイと思うらしい。もちろん写真はステキだが、わたしはどちらかというと、さわやかでやさしそうな雰囲気に弱いかも……。と川端さんのことが思い浮かんでしまってあせる。でもそれは、ステキな人を見ているといいというだけで、つきあいたいとかそういう感情ではないと思う。そばにいるなら、緊張しない人がいいではないか。

それにしても、西野さんは他人のことには興味がないのかと思っていたが、そうでもないようだ。

「清水さんのお姉さん、誘われてるんじゃないでしょうか?」

どういうことかとまばたきをするわたしに、西野さんは深刻な顔をする。

「ほら、ここ、津田さんって人、帰国したのは、自分で新しいレストランを開くためだってあるでしょう?」

それはつまり、自分のレストランに笹ちゃんを誘っているということだろうか。笹ちゃんはもともとフレンチの仕事をしていたのだ。知識も技術もあるはずだし、フランス帰りの彼を手伝うことはできる。

でも、そうしたら『ピクニック・バスケット』は……、どうなるのだろう。

「ああそれ、蕗ちゃん、見た?」

動揺していたわたしは、川端さんが現れたのも気づかず雑誌に見入っていたものだから、はっとして顔をあげた。

「あ、えと……、は、はいっ！　今見ました！」

意外にも川端さんがすぐ近くにいて、ますますうろたえてしまう。

「それ、知り合いのシェフのことが載ってる業界誌なんだけど、西野さんがこの人だっていうから読んでみたんです。すごくできる人みたいだね」

「でも、誘われてるなんてあり得ないです！　別れた人といっしょに働こうと思うでしょうか。元彼だって言ってたんです、笹ちゃんは」

つい力が入ってしまったとき、ちょうど店のドアを開けて小野寺さんが入ってきた。

「ん？　笹ちゃんがどうしたって？」

「いえっ、なんでもないですっ」

わたしは急いで首を横に振る。

「小野寺さん、今日はもう売り切れなので、すみません」

川端さんは、まるで追い払うようにそう言った。

「買いに来たわけやない」

「じゃあ何でしょう」

「冷たいな、川端くん。一斤王子のイメージが崩れるで」

「店長は、冷たくしてもぐいぐいくる小野寺さんが好きなんですよ」

西野さんが真顔で口をはさむと、川端さんがあせりをにじませた。

「西野さん、何を」

「だって店長、基本八方美人でしょう？　でも小野寺さんにはそんなふうに気を遣わないのが親しみを感じてる証拠です」

八方美人だなんて、雇い主にひどいことを言っているが、西野さんは自覚なしだ。

「そういうことか、ならぐいぐい行くわ。これ、いっぱいもらったよって、お裾分《すそわ》け」

小野寺さんもまったく気にしていない。そうして彼は、カバンからフィッシュソーセージを束で取り出した。

「笹ちゃんが、これ食べながら悩んでたんや。で、くれた」

どうやら笹ちゃんは、店のキッチンでまだ悩んでいるらしい。

「ああこれ、懐かしいなあ」

川端さんは意外と素直に受け取る。小野寺さんは、見かけも態度も少し変わっていて、最初はちょっと警戒してしまうけれど、そんな壁を取っ払ってしまう不思議な魅力がある。川端さんもそれは感じているのだろう。

「何ですか、これ？」

「西野さん、知らんの？　食べてみいや」

「蕗ちゃん、お店にこの、フィッシュソーセージのサンドイッチ、ありましたよね？」

川端さんが言う。

「ええ、でも、この前来たお客さんが妙なことを言ったから、笹ちゃんはこのメニューでいいのか考えてるみたいなんです」

「おいしかったけどなあ。オーロラソースとすごく合ってて」

川端さんは、食べたことがあったようだ。

「クレームでもあったんか？」

小野寺さんが眉をひそめた。

「クレームかどうかは……。六十代くらいの女性が、子供のころによく食べたらしいんですけど、安くて飽き飽きしたものってイメージなんでしょうか。そんなことを」

「単にその人の好みじゃないかな。あんまり好きじゃないのに、子供のころって決まって食事やおやつに出てくるものってありましたよね」

川端さんの言うとおりだ。わたしもそう思うけれど、笹ちゃんは違うことを考えている。

「そのお客さん、小野寺さんの知り合いの、アコちゃんのおばあさんらしいんです」

「ああ、アコちゃんがおばあさんに、好き嫌いを叱られたんやないかって、この前笹ちゃんが話してたなあ。そのおばあさんが『ピクニック・バスケット』へ来て、フィッシュソーセージサンドにケチつけたんかいな」

「そのあと、小池さんとアコちゃんがお店に来なくなって、笹ちゃんは、それが自分のサンドイッチのせいみたいに思い込んでるんです。どうしてだろ。フィッシュソーセージサンド、人気なのに、無理にメニューを変えなくても……」

「メニューに悩む理由は別にあるんやないか？」

小野寺さんは何気ない調子だったけれど、わたしにはびっくりする言葉だった。

「別のことって、なんでしょう」

「僕にはわからんけど、笹ちゃんは、客のクレームとかより、自分のサンドイッチに納得できるかどうかが重要な気がする。蕗ちゃんのほうが、笹ちゃんのことはわかるやろ？」

いやいや、小野寺さんのほうが笹ちゃんをわかっているんじゃないだろうか。わたしが笹ちゃんを誰よりも知っているといったって、子供のころのことくらいではないか。

笹ちゃんの悩みに別の理由があるとしたら、わたしには、元彼のことが思い浮かぶ。もしも笹ちゃんが、またフレンチをやりたいと思っているなら、そのせいでサンドイッチのメニューが納得できなくなっているのだろうか。

「蕗ちゃんは、笹ちゃんのことになると過保護やな。いや、笹ちゃんも、蕗ちゃんのことになると過保護かもしれん」

小野寺さんはのんびりと言って笑う。

「ま、蕗ちゃんがいるからこそ、笹ちゃんも一生懸命なんや。自分だけの店やない思たら、やりがいも大きなるし。ひとりやったら、がんばれへんこともあるよ。僕はひとりやから怠けてばかりや」

不思議と気が楽になる。わたしでも、いるだけでも役に立ってるのかもなんて、あっさり信じてしまえるのは、小野寺さんの力の抜けた言葉のおかげだろう。

小野寺さんを尊敬している西野さんも、深く頷く。でも、川端さんにはあまり興味のない話だったかもしれない。厨房《ちゅうぼう》が気になったらしく、姿が見えなくなっていた。

小野寺さんとの会話の成りゆきだとはいえ、川端さんの仕事中に自分の話ばかりしてしまって、申し訳なくなる。取り置きしてもらった自宅用のパンを取りに来ただけなのに、つい長居してしまった。

西野さんが渡してくれた取り置きのパンには、おまけのパンも入っていてうれしかったが、直接川端さんにお礼を言うのはまた今度にすることにした。

「蕗ちゃん、途中までいっしょに帰ろ」

小野寺さんと、わたしは店を出た。四《よ》つ橋筋《ばしすじ》に沿って歩いていると、交差点で信号待ちをしている人の中に、見覚えのある女性がいた。

「あ、小池さんや」

アコちゃんのお母さんだった。わたしはつい緊張するが、小野寺さんは無邪気に手を振る。小野寺さんに気づいた小池さんは、ゆっくり会釈する。

「なあ蕗ちゃん、ちょうどいいやん。ちょっと訊いてみよか」

言うと、戸惑うわたしが返事をする間もなく彼女に近づいていった。

「アコちゃん元気？　これからお迎えなん？」

「はい、そうなんです」

「あ、こちらは『ピクニック・バスケット』の清水蕗子さん」

小野寺さんが紹介してくれると、小池さんはわたしをおぼえていたらしく、にっこり微笑んだ。

「いつも買いに来てくださって、ありがとうございます」

わたしはぺこりと頭を下げる。

「お店のサンドイッチ、おいしいですよね。でもこのごろ行けてなくて」

サンドイッチに不満があるような様子はない。ため息をつく小池さんは、少し疲れているように見える。単に忙しくて来られなかったとか、その程度のことなのだろうか。

「アコちゃんのお弁当に、サンドイッチ買《こ》うてはったんでしょ？」

頷きつつも何だか悩んだ様子だ。信号が変わったが、渡っていかなかったのは、話したい気持ちがあったからだろうか。

「ええ、アコもピンクのサンドイッチが気に入ってたし、お弁当代わりに買ってたんですけど……。お弁当は手作りにするべきだって言われたので」

「もしかして、アコちゃんのおばあさんに？」

ついわたしは、よけいなことを言ってしまう。彼女は申し訳なさそうな顔になった。

「お店で何か言ったみたいですね。お義母《かあ》さん、フィッシュソーセージが好きじゃないらしくて、アコにはちゃんとしたものを食べさせないとって。あ、フィッシュソーセージがいけないわけじゃないんですけど、出来合いのものはお惣菜《そうざい》でも何が入ってるかわからないからって、最近やけに気にするんです」

小池さんはまたため息をついた。

「以前はそんなことなかったのに。おおらかで、アコのこと本当にかわいがってくれて。すぐ甘やかすから、わたしのほうがいろいろ厳しくしてたくらいで……」

「じゃあ、小池さん、最近はお弁当つくってるんや？」

「はい。家の食事も、いつもお惣菜に頼りすぎてたんで……。アコが偏食気味なのが心配だって言われると、そうかなって気もするんです。あんまりそんなこと言わないお義母さんが、わざわざ言うんだからよほどなのかなって。わたし、仕事やめたほうがいいのかもしれません」

意外と深刻だ。小野寺さんとわたしは顔を見合わせた。

「アコちゃんそんなに好き嫌いがあんの？」

「好きになるとそればっかり食べるところがあって。フィッシュソーセージも、家でも食べられないとご機嫌が悪いくらい。ニンジンやピーマンは食べませんね」

「子供ってそんなもんや」

小野寺さんの気楽な口調は、小池さんを少しは安心させていることだろう。独身男性なのに、小野寺さんなら子供のことがわかるに違いないと思ってしまう。絵本作家だからというより、彼自身が子供に近い人だから。なんて言ったら失礼かもしれないが、きっと小野寺さんはほめ言葉だと感じるだろう。

「でも、このごろフィッシュソーセージも食べなくなって、それが気がかりなんです。ニンジンを食べないとフィッシュソーセージも食べちゃいけないと思ってるみたいで、そんなことを言いつけられたわけでもないのに、なんだかかわいそうで」

「それ、好き嫌いをなくそうとしてるんちゃう？　いちばん好きなものも、いちばんきらいなものも食べへん。そやから好き嫌いはない、ってことやろ」

「え、そんな理屈あります？」

わたしはつい口を出すが。

「アコちゃんは、相変わらずニンジンよけるんやろ？」

「はい」

「じゃあアコちゃんなりの、好き嫌いをなくす方法や」

本当だろうか。小池さんも納得したのかどうか微妙な様子だったが、少しおかしそうに笑ってもいた。

「そっか……、だったらたぶん……、おばあちゃんを安心させて、元気になってほしかったんでしょうね」

保育所の迎えの時間だからと、三度目に信号が変わったタイミングで小池さんとは別れたが、アコちゃんがサンドイッチを嫌いになったわけじゃないことははっきりした。

でも、笹ちゃんの悩みは別のことかもしれない。フィッシュソーセージサンドと関係はありそうだが、アコちゃんのこととは無関係なら、解決したわけではない。

歩き出しながら、小野寺さんは言う。

「まだ浮かない顔やな」

「ますます、笹ちゃんが自分のサンドイッチに自信をなくす理由がわからなくなりました」

「食べたことある？　フィッシュソーセージサンド」

あれは、わたしが『ピクニック・バスケット』へ来る前からあるメニューだ。だからあえて試食したことはなかった。

「とりあえず、食べてみたらどうやろ」

笹ちゃんの疑問も悩みも、結局そこにあるような気がする。そんなことを言うと、小野寺さんは事務所のある分かれ道で去っていった。

＊

滋子はアコのために、鶏《とり》そぼろのお弁当をつくった。アコの好きな猫のイラストをまね、金糸卵やグリンピースで彩りも華やかに、そうして、ハムでピンクの花とニンジンのリボンを飾った。

日曜日に、電車で二駅ほど離れた息子夫婦が住むマンションを訪れたのは、嫁の善《よし》美《み》が家を空けるというからだ。歯科助手をしている善美は、講習会があると出かけていった。ちゃんと受ければ、正社員になる道も開けるかもしれないという。息子は出張からの帰宅が午後になると言い、それまでの間アコの子守をすることになったのだ。

孫はかわいいし、頼られるのもきらいではない。善美は素直で気さくな女性だ。子育ても仕事もよくやっているし、何の問題もない。共働きもアコの将来のため、彼らは立派な家庭を築いている。なのに、あせりを感じる自分に、滋子はため息をおぼえる。

あせってもあがいても、どうにもならないことなのに、このままでは息子夫婦に申し訳ないような気がしてしまうのだ。

「おばあちゃん、おなかすいた」

いつものアニメ番組を見終えたアコが言う。

「じゃあお昼にしよか。お弁当つくってきたんや」

お茶が冷やしてあると聞いていたので、滋子は冷蔵庫を開ける。フィッシュソーセージがたくさん入っているのが目につき、無意識に眉をひそめている。

「アコちゃん、ピンクのソーセージ毎日食べてんの？」

「ううん。アコ、ピンクのは食べへんねん」

意外な返事が返ってきた。善美が滋子の忠告を受け入れてくれたのだろうか。でも、すぐ目につくところにあったら、アコだってつい食べたくなるだろうに。

冷えた麦茶をマグカップに入れ、アコを座らせる。弁当箱の蓋《ふた》を開けて現れた、猫のそぼろごはんに興味を持ってくれたのか、アコはお弁当を食べはじめた。けれど、猫を描いたところだけ食べてしまうと、ニンジンのリボンをよける。

「ニンジンも食べなあかんよ」

「いらんの」

「なに言うてんの。好き嫌いはダメでしょ？」

「好き嫌いちゃう」

滋子はアコをなだめすかし、どうにか小さな一かけを口に入れることに成功する。アコは麦茶で流し込むと、急に立ち上がって冷蔵庫へ走っていった。

フィッシュソーセージをつかみ出すと、ビニールのままかぶりつこうとするから、滋子はあわてて止めなければならなかった。

「それは食べへんのやろ？」

言っても聞かず、取りあげようとすると癇癪《かんしゃく》を起こして泣き出した。

三十分はかかったが、どうにかあやして昼寝をさせる。アコが寝入ったとき、ちょうど息子が帰ってきた。

ビニール包装のままアコがかぶりついて、歯形のついたフィッシュソーセージに、息子は気がついたらしい。

「アコ、これ食べようとしたん？　好きやのに、このところ急に見向きもせんようになってたんや」

「なんやわからんけど、泣いて寝てしもたわ」

息子もよくわからないと肩をすくめる。わが子ながら、昔からおっとりしすぎているように思う。

「お昼、つくってきてくれたんや？　べつにコンビニで買ってもよかったのに」

「あかんでしょ。ちゃんとしたもの食べないと」

「ちゃんとしたものって？　それって母さんのイメージやろ？　コンビニ弁当やファストフードは体に悪いってイメージ。毎日ってわけじゃないし、たまにはええよ。楽チンやし」

滋子が子供のころは、コンビニもファストフード店もなかったから、手軽な食べ物といえば限られていた。

「そういうのって、おいしくないやない」

「おいしいけど？　これもおいしいやん」

どうしていまだに、フィッシュソーセージがまとわりつくのだろう。滋子の嫌いなものを、息子や孫が好きだなんて。

「あんたは何つくっても、張り合いのない子やったわ」

「そんなことないやん。母さんの料理、いつもおいしかったで」

「手作りでも冷凍食品でも同じ感想。味覚音痴やん」

滋子は専業主婦で、子供のために体にいい食材を選び、手作りしてきたつもりだ。なるべくインスタントのものは使わず、自分で出汁《だし》を取って、栄養のバランスも考えて料理してきた。なのに、そうやって育てた息子は、食にこだわりがない。口に入ればなんでもおいしいと言う。

「そやけど、フィッシュソーセージは母さんも好物やろ？」

驚いて、息子の顔をまじまじと見てしまった。滋子は、自我が芽生える年齢になって以降、フィッシュソーセージを買ったり食べたりしていないし、息子に食べさせたこともない。

「なにゆうてんの？」

「ほら、ばあちゃんの得意料理のオーロライス、母さん、あれ好きやったって言うてたやん」

滋子は、母親の手料理らしきものについてほとんど記憶がない。早くに父親を亡くし、母親が必死で働いていたのは知っているし、毎日の食事に贅沢《ぜいたく》を言えないのはわかっていた。そんな中、オーロライスだけはよくおぼえている。ごはんと刻んだ野菜とを、ケチャップとマヨネーズで味付けしつつ炒めたものだ。簡単だけれどおいしかった。ただ、滋子が同じものをつくろうとしても、同じ味にはならなかった。

「あれ、フィッシュソーセージ入ってたやろ？」

「うそやん……」

「ばあちゃんが生きてたころ、おれよくつくってもらったからおぼえてる。母さんがピーマン食べられるようにって、好きなフィッシュソーセージをいっしょに入れるんやて言うてたし」

ピーマンがきらいだったかどうか、自分ではおぼえていないが、母のオーロラライスにピーマンが入っていたのはおぼえている。フィッシュソーセージも入っていたのだろうか。細かく刻まれて、淡い色はピンクのオーロラソースと同化し、やわらかい食感もごはんにすっかり紛れてしまっていたのだろうか。

調理しなくても食べられて、おやつにもおかずにもなるからと、滋子の母はフィッシュソーセージばかり買ってきた。戸棚を開けると、赤いビニールに包まれたそれしか、滋子がすぐに食べられるようなものは入っていなかった。いつもひとりで黙々と食べていたのが、フィッシュソーセージにまつわる滋子の記憶だ。

安くて手軽で栄養もあるからと、母はフィッシュソーセージが滋子にとっていいものだと疑わなかったけれど、いつのまにか淋《さび》しい食べ物になっていた。あのころは、今では使われないような添加物が多かったとも知り、なおさら自分の子供には食べさせられないと、手作りにこだわるようになったのだった。

なのに母のオーロラライスだけは、いくつになっても好きだった。そこにしっかり入っている、フィッシュソーセージの味に気づかなかっただなんて。

「なあ母さん、このところ善美がアコのお弁当つくってるけど、あのサンドイッチ屋のお昼ではあかんの？　アコも気に入ってたのに」

母の手料理だから、具がなんだろうとおいしかったのだとしたら、アコのためにも買うだけのサンドイッチがいいとは、滋子には思えない。しかし息子は、滋子の口出しを迷惑に感じている。

「食べ物は、将来の体をつくるのよ。不健康にならないように気をつけなきゃ」

大事なことだと、滋子は主張する。しかし息子は、そんなことはどうでもいいという顔だ。

滋子の母は体があまり丈夫ではなかった。若いときに無理をしたし、食生活も乱れがちだったからかもしれない。滋子自身も、年齢とともに持病の悪化に悩まされている。丈夫ではないのが体質なら、せめて食事や生活習慣に気をつけてほしいだけなのだ。息子や孫には、自分のようにはなってほしくない。

「お弁当をつくってるとさ、朝忙しいやろ。三人で朝ご飯をいっしょに食べられへんのや」

そういえば滋子は、いつも忙しい母と、朝ご飯だけはいっしょだった。タマゴかけご飯とみそ汁だけだったが、それが基本の朝食は、今も続いている。いやなことはおぼえていても、よかったことは、おいしかったものも、当たり前すぎて忘れていた。

アコは、手作りのお弁当と、お母さんとの朝ご飯と、どちらが好きだろう。滋子はどうだっただろう。もし、朝ご飯に母がいない代わりに、手作りのお弁当を食べられるとしたら、どちらを選ぶだろう。

＊

休憩時間、フィッシュソーセージサンドをひとつ持ち出し、わたしは公園へ出る。ついでに、小野寺さんの絵本も読もうと思って持ち出した。いつのまにか蟬の声が聞こえなくなって、昼間の風もずいぶんさわやかになった。木陰のベンチに腰をおろし、サンドイッチの包みを開く。

ちゃんと食べてみることにしたのは、笹ちゃんには内緒だ。これに、笹ちゃんのどんな思いが詰まっているのか、わかるだろうか。

どの食材も、特製ケチャップもマヨネーズの味も知っているつもりだけれど、サンドイッチとして食べたとき、その組み合わせは新たな味になる。料理ってそういうものだということを、日頃わたしは意識していなかったように思う。だから、笹ちゃんの言動も理解できないでいる。

ひとくちかじると、みずみずしいトマトの味がパンの香りとともに口の中に広がる。トマトはオーロラソースを連れてきて、マヨネーズの酸味と混じり合うと、フィッシュソーセージを包み込む。アクセントはアスパラと……。何だろう。考えていると、誰かが目の前に立った。

「やあ蕗ちゃん、休憩中？」

川端さんだ。近くのレストランにパンを届けた帰りだろう。

「はい。あ、そうだ、この前はパンのおまけ、ありがとうございました」

「どういたしまして。ところで、隣、いいですか？」

彼もベンチをさがしていたようだ。緑茶のペットボトルを手にしている。わたしは急いで、脇に置いていた絵本をひざの上に移した。

「それ、フィッシュソーセージサンド？」

「そうなんです。ちゃんと食べてみたらわかることがあるかもって、小野寺さんが」

「なるほど、小野寺さんは思いつきでものを言ってるようでいて、深いようでいて、そやけど思いつきなのか、わからんよね」

川端さんはやっぱり、小野寺さんの話になると微妙に眉をひそめ、ペットボトルのお茶を飲んだ。

「前に食べたとき、オーロラソースが効いてるって思ったなあ」

「うん、わたしもそう思います。ケチャップとマヨネーズのハーモニー。このピンク色もいいんですよ」

「たしかにおいしい。けどオーロラソースって、どうして日本ではケチャップとマヨネーズになったんやろ」

仕事のときはわりと敬語を使う川端さんなのに、このごろは、たまにふたりで話したりすると微妙にくだけた口調になるから、わたしはやけにドキドキする。

今は川端さんにとって、仕事相手と話しているというより、ちょっとプライベートの時間なのだろうか。そのときわたしは、川端さんにとってどういう位置づけなのだろう。……友達？　ではないし、近所の顔見知り、とか？

「外国では違うんですか？」

「もともとはフランス料理で、ベシャメルソースに裏ごしトマトとバターを加えたものだったかと」

さすがに川端さんは料理には詳しい。

「えーっ、そうなんだ。色は似てるかもだけど、味は全然違うような」

笹ちゃんも当然知っているのだろう。知っていて、あえてなじみのあるほうの、オーロラソースをつくっている。

「食べてみて、何かわかった？」

それが問題だ。

「それなんですが、笹ちゃんが工夫するとしたら、手を加えられるのはオーロラソースなんですよね。食材の選び方ももちろんこだわってるんですけど……。でも、何だろう、この微妙な味」

「分けてもらってもいい？」

そうだ、川端さんのほうがきっと味には敏感だ。でも、食べかけだ。サンドイッチと川端さんを交互に見てしまう。

気にしていないのか、川端さんはにっこり笑ってこちらを見ているから、わたしはかじってないところをちぎって差し出した。

「うん、トマトの酸味と卵のコクがいいね。でも、ちょっと違う味がする。笹ちゃんの、他のサンドイッチにはないような」

味わって、川端さんは言う。

「そうなんです。ほかの、マヨネーズを使ったものにも、ケチャップを使ったものにもないような」

「オーロラソースにだけ、何か入れてんのかな。何だろう」

わたしはぼんやりと、ひざの上に置いていた絵本に目を落とした。ニンジンとピーマンがにらめっこをしている表紙だ。

「あ」

思わず声をあげたとき、川端さんも絵本をじっと見ていて、視線を上げると「それ」と笑った。

ニンジンだ。甘口のオーロラソースに、裏ごししたニンジンが紛れ込んで、不思議とさっぱりした味になっている。フィッシュソーセージも塩や砂糖で味付けされているものだから、オーロラソースだけだと少々くどくなりがちだけれど、トマトのスライスやアスパラとともに、ニンジンが変化をつけている。

それに色合いも、淡いピンクのフィッシュソーセージにくらべて、ほんのりオレンジがかったサーモンピンクがよく栄える。

笹ちゃんは、アコちゃんがニンジンに気づいたのではと思ったのだ。アコちゃんがニンジン嫌いだと、おばあさんといっしょに来たときに知って、だから食べられなくなってしまったと、責任を感じていた。アコちゃんが、ショックを受けているのではないかと心配していたのではないだろうか。

それからおばあさんがひとりで来て、フィッシュソーセージサンドを食べたのも、これまで好きだったものを食べなくなった原因を調べに来たのではないかと勘違いしたに違いない。

「川端さん、ありがとうございます！」

「僕は何も。小野寺さんのおかげみたいなものやし。それで蕗ちゃんの悩みは解決しそう？」

「はい！」

わたしは、早く笹ちゃんと話したくて立ち上がった。川端さんは手を振ってくれた。

ニンジンとピーマンは、どちらも嫌われ者。子供たちは料理の中から見つけ出して、脇によけてしまう。だからニンジンとピーマンは、どちらが先に子供たちに食べてもらえるか、競争することになる。

食べないと大きくなれないよ。弱い子になるよ。怖がらせてみるけれど、子供たちは食べてくれない。

『ピクニック・バスケット』の前に、帽子をかぶった年輩の女性が立っていた。アコちゃんのおばあさんだ。駆け足で戻ってきたわたしの足音に気づき、おばあさんは振り返る。

「あら、あなた……」

はしたないと思い、わたしはさっと足を止める。

「こんにちは。あの、どうぞお入りください」

入り口で、入ろうか迷っていた様子だったが、わたしが店員だとおぼえていたみたいだから、丁重にお迎えする。クレームだったらどうしようと緊張しながらドアを開ける。

コゲがアームチェアから首をもたげる中、おばあさんはショーケースのところにいる笹ちゃんのほうへまっすぐ向かっていった。

「フィッシュソーセージサンドがほしいんですけど」

おばあさんが言う。笹ちゃんは、いつもの笑顔で応じる。

「はい。おひとつですか？」

「ううん、家族みんなのぶんだから、五つ」

「ありがとうございます。五つですね」

もし何か、難癖を付けるつもりなら、隙を与えてはいけないと思い、キビキビとわたしはサンドイッチをトレーに取り出す。

しかしおばあさんは、この前のような勢いがない。心なしか肩を落とし、わたしたちを申し訳なさそうに見る。

「この前は、ごめんなさいね。フィッシュソーセージはきらいやなんて言うて」

思いがけないことに、わたしは返事に戸惑ってしまった。代わりに笹ちゃんが言う。

「いいえ、お気になさらないでください。今日はみなさんで召し上がってくださるんですか？」

「じつはね、孫にあやまりたいの。フィッシュソーセージはダメやなんて、一方的に決めつけてね。でもね、子供のころのわたし、本当にフィッシュソーセージがきらいやったわけやなかった。ただ、ひとりで食べるのがいやで、ひとりやと好きなフィッシュソーセージも悲しい味しかせえへんから。母といっしょに食べられるなら、何でもおいしかったし、苦手なピーマンもちゃんと食べたってこと、思い出しましてん」

　誰もいない家へ帰り、戸棚にあるフィッシュソーセージを食べていた彼女は、飽き飽きしたと言っていたけれど、フィッシュソーセージにではなく、ひとりきりに飽き飽きしていたのだ。

「孫も、少しでもお母さんと過ごしたいんやね。忙しいお母さんやけど、朝ご飯だけはいっしょに食べられて、それからここに寄って、サンドイッチを買うのが楽しみやったんやろな。好きなもんを買《こ》うてもらうって、うれしいはずや。いっしょに買ったもんなら、ひとりで食べても淋しないもんな」

　アコちゃんが、ショーケースに張りついて、ピンクのサンドイッチに目を細めていた姿が思い浮かぶ。保育所でのお昼ごはんだけど、給食とは違って、お母さんが買ってくれたものを食べられるのはうれしかったのだろう。

「そやのに、わたし、よけいなことゆうてしもて。好き嫌いはあかんけど、好きなもんを否定せんかてよかったのにね」

　五つ、アコちゃんと、お父さんとお母さんと、おじいさんにおばあさんのぶん、だろうか。

「みんなでなら食べてくれるやろか」

「いいですね、きっと楽しく食べられますよ」

サンドイッチを袋に詰めようとすると、笹ちゃんが止めるようにわたしの手をぎゅうっとつかんだ。

「あのう、そのサンドイッチ、つくり直しましょうか？　じつはそれ……」

「大丈夫だよ、笹ちゃん。ニンジンが入ってるからこそ、ちゃんと食べてくれるって」

「ニンジンが？　どこに？」

おばあさんはサンドイッチの断面を覗き込むが、もちろん見ただけではわからない。

「じつは、ピューレにして、オーロラソースに」

「まあ、ほんま？」

小野寺さんの言葉を思い出しながら、今こそ伝えなければと、わたしは使命感に駆られて言う。

「お孫さん、好きなものと苦手なもの、いっしょに食べられるなら好き嫌いはないってことになるし、安心して食べてくれるんじゃないでしょうか。嫌いなものを食べないなら、好きなものも食べない、って理屈では？　ってある人が言ってました」

「あの子は、好き嫌いをなくそうとしてたん？　それで、ニンジンをよけたらフィッシュソーセージも食べへんことにしてたん？」

「たぶん、そうみたいです。フィッシュソーセージを食べてもいいのが、ニンジンを食べたとき。だったら、このサンドイッチもまた、食べてくれると思います」

おばあさんは、やっと小さく微笑んだ。

「ほんなら、ニンジン入りのフィッシュソーセージサンドは、みんながよろこべるサンドイッチやね」

「あの、それとお孫さんは、おばあさんに元気になってほしかったそうで」

「わたしが、元気に？」

どこか体が悪いのだろうかと、アコちゃんのお母さんから聞いたときに、わたしはちらりと思ったのだった。

「そう、心配してくれてたんや。近いうちに手術受けることになってね。わたしの母と同じ病気やから、体質なんかなって、急に孫のことも気がかりになってしもて。子供の頃からちゃんとしたもん食べて、丈夫になってほしいと思たんやけど、よう考えたら、わたしはみんなとご飯をたべたい。みんなが好きなもん、いっしょに食べられたら、いちばん元気になれるってわかったわ」

そうしておばあさんは、風が雲をさらっていったかのようなすっきりした顔でサンドイッチを受け取ると、「ありがとうさん」と帰っていった。

好き嫌いとか、栄養のバランスとか、カロリーだの糖質だのオーガニックだの添加物だの、いろいろ気を遣えば健康になれるのだろうか。

何よりの栄養は、楽しい食事なのかもしれない。おいしかったという記憶は、誰とどんなふうに食べたのかによるのだろう。

ピーマンとニンジンは、どうすれば子供たちに食べてもらえるのか、やがてお互いに話し合うようになる。そうして、いろんな食べ物に相談する。みんなに助けられて、協力して、ハンバーグやオムライスやシチューになって、家族の食卓に並ぶ。子供たちの笑顔も並ぶ。


わたしはにんまりしながら絵本を閉じる。

笹ちゃんのサンドイッチは、おばあさんにとって、淋しかったフィッシュソーセージとは違う、古くて新しい記憶になるだろうか。苦いことも楽しいことも詰まった、おばあさんだけのフィッシュソーセージの記憶に。

アコちゃんにとっても、お母さんやおばあさんといっしょに心を動かしたことが、フィッシュソーセージとオーロラソースに刻まれることがあるのなら、わたしは、『ピクニック・バスケット』の一員として幸せだ。

「ねえ蕗ちゃん、知ってたんだ？」

笹ちゃんがショーケースの向こうから問いかけてくる。わたしは、絵本を飾り棚に置く。

「ニンジンが入ってること？　もっと早く教えてくれればいいのに。どうしてひとりで悩んでたの？」

「もしかして蕗ちゃん、おぼえてないの？」

首を傾げるわたしに、笹ちゃんは言った。子供のころ、わたしもニンジンが食べられなかったというのだ。そうして笹ちゃんがお母さんに提案し、みじん切りにしたニンジンを餃子《ギョーザ》に入れていたらしい。

笹ちゃんと包むのを手伝って、ホットプレートで焼きながら食べたのは、今でもわたしにとって楽しい思い出だ。

けれどあるとき、ニンジン入りだとお父さんがばらしてしまい、わたしが激怒したというのだ。それからニンジンは入れないことになったらしい。

「だからって……今さら怒んないよ。ニンジンだって大好きだし」

「でも、アコちゃんをだましたみたいだし、蕗ちゃんに怒られそうで」

姉なのだから当然かもしれないが、笹ちゃんは昔のことをよくおぼえている。わたしの数々の失敗や恥ずかしいこともおぼえているが、わたしのほうは忘れてしまっているから反論できない。

「もう、ちょっと怒っただけでしょ。だいたい、わたしは怒ってもすぐに忘れるけど、笹ちゃんはしばらく口きいてくれなくなるから、いつもわたしがあやまってたよ」

「そうかな。蕗ちゃんはあやまる前にケンカしたこと忘れるじゃない」

「なにそれ、人を忘れっぽいみたいに。根に持つよりいいでしょ」

「根に持ってないから。わたしはしばらく落ち込んでるだけ！」

「あれー？　ケンカしてんの？　めずらしいやん」

小野寺さんが現れ、わたしたちは急いで笑顔になった。

「いらっしゃいませ」

本当は、とても息が合っているのだ。

黄昏ワルツ

高い空に鱗雲《うろこぐも》が浮かんでいる。わたしはオリーブ色の自転車をこいで、すっかりさわやかになった風を全身に受け止める。交差点の向こう、高いビルが並ぶ通りにこんもりと茂る木々は、都会の憩いの場、靭公園だ。そうして、四つ橋筋から細い横道へ入っていったわたしは、店の前で自転車を降りたとき、年配の男性に呼び止められた。

「すみません、このへんに『ピクニック・バスケット』というお店がありますか？」

「あ、はい、うちです。このビルなんですが、入り口が公園側なのでわかりにくいですね。ご案内します」

お客さんだと、わたしは気を引き締めて対応する。しかしその人は、ついてこようとせずにその場に立ち止まっている。

「いえ、ちょっとお訊《き》きしたかっただけなのですが……、クラブハウスサンドイッチはありますか？」

なかったはずだ。メニューはよく変わるが、もちろんきちんとおぼえている。そう伝えると、男性はがっかりしたように見えた。

「クラブハウスサンドイッチでないとダメなんですか？」

「はい。もうすぐクラブハウスＤＡＹなんです。あ、いえ、なければいいんですが」

「すみません」

　わたしが頭を下げている間に、その人は立ち去ってしまう。それだけの出来事だったが、クラブハウスＤＡＹという言葉が妙に耳に残った。何だろう、その日のためにクラブハウスサンドを売っている店をさがしているのだろうか。

　急いで自転車を路地にとめたわたしは、店の入り口へ回り込む。隅っこのアームチェアでうたた寝をしていたコゲが、うるさいなとばかりにこちらをにらむのを横目に、キッチンに駆け込むと、笹ちゃんは何事かという顔で振り返った。

「あ、蕗ちゃん、お帰り。モッツァレラ売ってた？」

「うん、買ってきた！」

「ありがと。でもどうしたの？　そんなにあわてて」

「ねえ、クラブハウスサンドがあるかって、また訊かれたんだけど」

　そう、このところ『ピクニック・バスケット』には、そういう問い合わせが続いている。数えてみればそう多いわけではないが、クラブハウスサンドについて訊かれることは、これまでまずなかった。

「そっか、何だろうね」

「さっきの人は、クラブハウスDAYだって言ってた」

「なあにそれ、イベントでもあるのかな」

「だけど、どうしてここでそれが売ってるかどうか訊くんだろ」

うーん、と笹ちゃんは腕組みする。わたしもさっぱりわからない。

「今さらだけど、クラブハウスサンドって、わたし、食べたことないかもしれないな」

なんとなくは思い浮かぶが、具材が何かと問われたら、はっきり答えられないことに気がついた。くすくすと、笹ちゃんは笑う。

「サンドイッチ屋がそれじゃだめだよ。正確にはアメリカンクラブハウスサンドイッチ。たしか、アメリカのカジノクラブが発祥だとか？　ターキーかチキン、それとレタス、トマト、ベーコンなんかをマヨネーズとサンドしたものだよ」

「へえ、案外基本的なサンドイッチなのに、うちにはないよね」

「そうねー。なんとなく、あれってお皿にのって出てくるメニューな気がして、つくってなかったな」

そういえば、付け合わせのポテトフライとともにパセリが飾ってあるイメージではある。

「蕗ちゃん、もしかしたら、クラブハウスサンドをメニューに入れるべきなのかな？」

それはどうだろう。今だけの現象なら、実際に売れるかどうかはわからない。

「問い合わせてきた人たちは、もう来ないかも。ないってはっきり言っちゃったんだから」

「流行《はや》ってるってわけじゃないか。そうだ、昨日来た人は、クラブハウスサンドだけじゃなくて、本町《ほんまち》のコーヒー店のことも知ってるかって訊いてきたんだ。どうしてここでそれを訊くのか、妙だよね」

「何てコーヒー店？」

「何だったかなあ……」

笹ちゃんは考え込んだ。が、たぶん思い出せそうにない。

お客さんが来たらしい気配に、わたしはキッチンから店内へ戻る。小野寺さんだ。コゲが足下に寄っていく。わたしには見向きもしないのに、しっぽを立ててうれしそうだ。

「蕗ちゃん、いつもの頼むわ」

「はい、クラブハウス……、じゃなくて、コロッケサンドですね」

「うん、それ」

「すみません、ちょっと、別のサンドイッチのことを考えてたので」

「クラブハウスサンド？　新作にするとか？」

「いえ、まだそれは……。そうだ小野寺さん、本町のコーヒー店って知ってます？」

「なんやそれ、条件が広すぎやで。いくらでもあるやん」

「ですね」

「それとクラブハウスサンドと関係あんの？」

「わからないけど、あるかもしれないんで」

膝《ひざ》の上に飛び乗ってきたコゲを撫《な》でながら、小野寺さんは考え込んだ。

「そういやずっと前に、クラブハウスサンドが名物やっていうコーヒー店に行ったことあるなあ。けど、メニューになかってん。常連だけの裏メニューやったらしいわ」

「本町ですか？」

「まあその近く？」

「なんてコーヒー店ですか？」

「名前忘れたわ。大学生の頃やったから、十年以上昔のことやし、当時でもそうとう古かったし、もうないかもしれん」

「だったらなおさら、そこのコーヒー店のことじゃないでしょうか」

笹ちゃんが小耳にはさんだらしく、キッチンから出てきてそう言った。

「今も店があったら、ここへ来てクラブハウスサンドを買おうとする必要がないわけでしょう？」

「クラブハウスサンドが目当てで来た人がおるんや？」

「ええ、何人か問い合わせが。小野寺さんが行ったコーヒー店のサンドイッチだったなら、その裏メニューはよほどおいしいんでしょうね。ああ、食べてみたいなあ」

笹ちゃんはうっとりとした目をする。

「もう店がないなら食べられないよ」

「どんなサンドイッチだったかだけでも知りたいじゃない？」

「調べてみよか？　知ってる人がおるかもしれん」

「はいっ、ぜひ」

サンドイッチのことになると、前のめりになる笹ちゃんが、わたしは少しうらやましい。それほど何かに熱中したことがないからだろう。それなりに趣味や楽しめることはあるし、この店にプラスになるに違いないとコーヒーや紅茶のことも学び始めたところだが、自分にはこれしかない、というほど極めたいかというと、そういう欲求が薄いのだ。最近、周りの職人肌の人たちを見ていると、ちょっとあせる。

「小さい店やったな。ここより狭いかもしれん。カウンターがほとんどで、二人掛けのテーブル席が二つくらい。メニューもコーヒーがメインで、食べ物は、クラブハウスサンドは別として、バタートーストとジャムトーストしかなかった」

そこの店主も、極めた人だったのだろう。

＊

久しぶりの大阪は、ずいぶん変わったという印象だった。平道夫《たいらみちお》はタクシーの窓から外を眺めながら、どうにも落ち着かなくて緊張している。懐かしい場所だとはいえ、ここで暮らした頃は若かった。黒かった髪が灰色になり、眼鏡が手放せず、デスクワークで背中も丸くなった。歳をとった自分は、街にも忘れられてしまっただろうか、すっかりよそ者の気分だ。御堂筋《みどうすじ》の銀杏《いちょう》並木は変わっていないが、両側に並ぶ建物は新しくなり、東京と似たような店が並ぶ。当然だろう、あれから三十年も経つのだから。

定年で、長年勤めた会社を先月退職した道夫は、妻が旅行に出かけて留守の時間をもてあまし、学生時代から数年間を過ごした大阪を訪ねてみることにした。そうして、昔よく行った店をさがしてみようとタクシーに乗ったのだ。

本町界隈《かいわい》でタクシーを降りる。かつてはこの辺りに道夫の勤める会社があったのだが、本社機能を東京へ移して久しい。その前に転勤になった道夫は、そのまま大阪とは縁が切れた。大阪支社として残っていたそこも今はもう移転し、建物は新しいビルに変わっている。道夫はそこから、かすかな記憶に残っている路地を歩き、船場《せんば》と名前の残る界隈をうろついてみた。

たしか、『トワイライト』という名前だった。ビルの谷間に石造りの狭い西洋建築があり、当時でさえレトロな印象で目を引いていたが、二階へ上がったところだったはずだ。それらしいビルは見つかったものの、一階の入り口にある看板に、『トワイライト』の文字はなかった。代わりに、フランス語の店名にパティスリーと添えられている。ちょっと覗《のぞ》いてみようかと思ったが、今日は定休日らしい。

建物の一階にあるのは会計事務所だ。ここも、以前に入っていた会社とは違っているようだが、何かわかるかもしれない。

訊《たず》ねてみたが、道夫と同年代に見える男性がかろうじて『トワイライト』を知っていたものの、その店は十年ほど前に閉店したと教えてくれた。店主が老齢だったからだろうという言葉しか聞けず、落胆しながら道夫はビルを後にした。

ぶらぶらと歩いているうち、靭公園が見えてきた。ここも様変わりしたが、公園が残っているだけでも安堵《あんど》しながら中へ入っていく。お昼時ということもあって、公園沿いのカフェはどこも賑《にぎ》わっているようだ。何か食べようかと考えていると、「サンドイッチ」という看板が目についた。

どうやらサンドイッチの専門店らしい。道夫は引き寄せられるように近づいていき、若いOLらしい数人と入れ替わるように店内へ入っていった。

女性が好みそうな、かわいらしい雰囲気と、ショーケースに並ぶ彩りも華やかなサンドイッチ、実際に店内も女性ばかり、従業員も若いお嬢さん、ときてひるみそうになったが、道夫よりも年上だろう老人がひとりいたので思いとどまる。常連なのか、老人はえくぼのある店員と笑顔で談笑しながらサンドイッチを買っていた。

「お決まりですか？」

もうひとりの、ポニーテールのはきはきした店員に声をかけられ、道夫はメニューボードから視線をあげた。

「クラブハウスサンドイッチはないのかな？」

見つけようとして、メニューボードを目で追っていたのだが、見つけられなかったのだ。

「すみません、つくってないんです」

専門店ならあると思い込んでいたから、少なからずがっかりした。空腹を満たしたいというよりも、ただ自分はクラブハウスサンドを食べたかったようだ。だから、『トワイライト』があったビルを出て歩きながらも、それが食べられそうな店をさがしていた。昔とは変わってしまって、どこにどんな店があるかわからないまま歩き、サンドイッチの文字を見て迷わず入ったのに。

「あの、ローストチキンサンドはおすすめですよ。それか、ベーコンレタスサンドはどうでしょう?」

あまりの落胆ぶりが伝わってしまったかもしれない。一生懸命な店員に申し訳なくなり、道夫はローストチキンサンドとコーヒーを買って、イートインスペースに腰を下ろした。

食べているうちに、波が引くようにOLたちはいなくなった。会社の昼休みは短い。道夫も長年、あの慌ただしさの中で昼食をとっていた。しかしもう、急いで食べる必要はない。何気なく店内を見回すと、ポニーテールの店員と目が合った。

「クラブハウスサンド、お好きなんですか?」

訊きたくて、こちらをじっと見ていたようだ。

「じつは、昔よく通っていた店に行ったんだが、閉店していてね。そこの裏メニューに、クラブハウスサンドがあったんだ」

「この近くですか?」

「ああ、本町の古いビルにある『トワイライト』っていう店だ」

若い店員はその名前に聞きおぼえはないようだった。十年も前に閉店したというのだから無理もない。

「知ってまっせ、その店」

背後で声がした。イートインスペースに、道夫のほかにまだ客がいたのだが、背を向けていたので目に入っていなかった。その人は、道夫より先にサンドイッチを買っていた老人だった。

「阿部《あべ》さん、ご存じなんですか？」

店員が問う。老人は、阿部というらしい。

「ああ、船場のことならまあまあな」

「地元ですもんね」

「そうでしたか。僕は昔、市内の大学に通っていましてね、『トワイライト』は就職してから知って、たまたま行くようになりましたが、転勤になってからはずっとご無《ぶ》沙汰《さた》していました」

道夫が言うと、老人は目を細めて頷《うなず》く。

「あそこのクラブハウスサンド、私は食べたことなかったんですけど、常連の間では有名やったみたいですな」

「はい、しかしメニューにはなくて、注文すればつくってくれるってやつでした。でも僕も、残念ながら食べたことがなかったんです。あの頃は、サンドイッチは食事にはもの足りないし、あそこではコーヒーだけを楽しみたいみたいな、ちょっと通ぶってたんですね。今となればどうして食べなかったんだろうと後悔してます」

「そういうもんですな。今なら気取らんとおれるよって、歳をとるのもええもんです。

このサンドイッチ店の常連にもなれましたからな」

阿部と呼ばれた老人は、楽しそうにつぶやき、それからポニーテールの店員に顔を向けた。

「さっき青心さんにも、そのコーヒー店のこと訊かれたんや。なんや偶然かいな、重なるな。笹ちゃんに店のこと教えたってて言われたよって」

「それで来てくださったんですね」

「お昼時はお客さんようけおったし、後で話そと思とったとこや」

どうやらここの店員は、『トワイライト』のことを知りたかったらしく、青心という人に訊ねていたようだ。

「それにしても蕗ちゃん、なんで『トワイライト』のことを知りたかってん？」

「クラブハウスサンドが有名な店があったって聞いて、食べてみたくなっただけなんです。小野寺さんが、店のこと調べてくれるってことだったのでお願いしてて」

「でも残念です、やっぱりもう閉店してたなんて」

ショーケースの向こうにいた、えくぼのある店員が、こちらの会話に入ってきた。閉店していたと言ったのは道夫だからか、確かめるようにこちらを見る。道夫が頷くと、小さなため息をつく。

「お客さんも、せめてクラブハウスサンドを食べてみたくなったんですよね？　ああ、そんなふうに記憶に残るような、クラブハウスサンドってどんなだったのかな……」

「ねえ笹ちゃん、このところクラブハウスサンドを求めて来た人たちも、やっぱり『トワイライト』へ行ったあとだったんだよ。閉店してるのを知って、でも無性に食べたくなったんじゃない？」

それを聞いて、道夫ははっとした。

「ここへクラブハウスサンドを買いに来た人が、僕のほかにもいるのかい？」

「はい、何人か。もうすぐクラブハウスＤＡＹだからって言ってた人もいたんですが、『トワイライト』にはそんな日があったんでしょうか？　サンドイッチの日なら、たしか三月十三日ですけど」

蕗ちゃんと呼ばれているほうの、ポニーテールの女性が首を傾げてそう言った。

「えっ、蕗ちゃん、サンドイッチの日といえば、十一月三日じゃないの？」

笹ちゃんというえくぼの女性が反論した。

「えーっ、三、で十をはさんでるでしょ？　で、サンドって読めるから三月十三日だよ」

「でも、十一月三日は、考案者のサンドイッチ伯爵の誕生日よ」

どちらにしろ、クラブハウスＤＡＹではないし、『トワイライト』にそんな日があったかどうか、道夫にはわからなかった。通わなくなってからできた記念日のようなものかもしれない。

「どんな人だった？　訪ねてきた人の中に、私と同じくらいの歳の女性はいなかったかい？」

道夫は訊かずにはいられなかった。

「女性は、いなかったです」

申し訳なさそうに、〝蕗ちゃん〟が答えた。

期待したわけではないつもりでも、自分でも意外なほどがっかりしていた。

「そのお知り合いも、『トワイライト』の常連でしたかいな？」

たぶん、『トワイライト』を訪ねようと決めたときから、彼女のことは頭にあったのだ。

「ああ、はい、そこで知り合って、よく話すようになったんですが、空堀《からほり》にブティックがあるという、帽子デザイナーの女性でした。若い頃は、仲間でミナミやアメリカ村へ繰り出したものですが、僕はいつの間にか足が『トワイライト』へ向かっていて、気がついたら彼女とコーヒーを飲んでるなんてことが多かったのは、お互いお酒よりコーヒーが好きだったからでしょうな。それに彼女はいつも、クラブハウスサンドを頼んでいました」

ずっと、『トワイライト』で会うだけの友達で、お互い、そこで話す以上のことは知らないまま、そんな付き合いがしばらく続いたが、お互いを意識するようになっていくのは自然なことだった。少なくとも道夫はそう思っていた。

「私が転勤で大阪を離れることになったとき、思い切って告白したんですよ。いっしょに行かないかって。でも、ふられたんですよね。それでも彼女は、これからも『トワイライト』に来るからと、友達としてまた会おうって言っていました」

「また、会えたんですか？」

〝笹ちゃん〟が真剣な面持ちで言う。若い彼女も、そんな別れを知っているのだろうか。

「休みには戻ってくればいい。いつでも会える、そんな気持ちでしたが、実際に転勤してしまうと、なかなか時間はつくれないものなんですね。会社でも重要な仕事を任せられるようになって、やりがいも出てきて必死になっているうちに月日は過ぎてしまう。結局、定年退職した今になって、暇と懐かしさにまかせて来てみたんですが、とっくに閉店していたと。……そんなものですよね」

余計なことを話してしまった。懐かしい彼女とのことが一気によみがえり、あふれ出すように語っていたことが、急に恥ずかしくなってきていた。

新たに客が入ってきたタイミングで、道夫は店を出ようと立ち上がった。

景子《けいこ》はいつも、短くした髪に奇抜なデザインの帽子をかぶり、鮮やかな赤いルージュをつけていた。活発で、何にでも一生懸命で、いろんなことに興味を持って、くるくると表情の変わる女性だった。じっくりと一つのことに取り組むのが得意な道夫とは、いろんな面で正反対だっただろう。

北海道への転勤が決まった日、道夫は景子と『トワイライト』で会った。あの日の会話は、今でも忘れられない。一つ一つの言葉ややりとりが、小さな痛みをともなって胸にこびりついている。ほんの一言でも違っていれば、自分たちは今とは別の人生を歩んでいたのだろうかと。

あのとき彼女は、何かに悩んでいるように見えた。いつでも前向きなのに、窓に映った顔はやけに落ち込んでいるように見えたのだが、声をかけたとき振り返ったのは、いつもの景子だった。かえって痛々しいように、道夫は感じたのだ。

ふだんと同じ、とりとめもない話をして、それから道夫は、転勤することを告げた。彼女は驚き、それから一瞬、心細そうな目をしたが、すぐに好奇心いっぱいに身を乗り出した。

「札幌《さっぽろ》？　ええなあ、おいしいもんいっぱいやん」

「でもさ、冬は寒そうだよ。それに遠いし」

「飛行機ならすぐやん。新幹線で東京行くより早いんちゃう？」

そう言われれば、近いような気もした。

「そういやコンちゃんが、結婚して北海道へ行くって言うてたなあ」

コンちゃんというのは、景子の話によく出てくる、生地を輸入している会社の社員だ。

「仕事やめるのか？」

「そうみたい。それが楽しそうやねん。あんなに熱心に仕事してたのに」

「景子さんは、仕事より楽しいことはないの？」

「あるよ」

一瞬遠い目をしたような気がして、彼女にはとくべつな人がいるのだろうかと、道夫は体に力が入る。今日は、転勤の話だけをしに来たわけじゃない。

「なに？」

緊張しつつ問う。

「ここへ来ること」

ちょうどクラブハウスサンドが運ばれてきて、彼女の前に置かれた。

クラブハウスサンドが楽しみなのか、それとも道夫と会うことなのか、なんてうぬぼれていただろうか。しかし今は、調子に乗ったふりをする。

「僕も、ここへ来るのは仕事より楽しいよ。景子さんに会えるから」

ふざけ半分に言いながら、心臓が大きく鳴っていた。

「ほんとかなー」

そういった彼女が、ちょっとうれしそうに見えた。

「ほんと。札幌へいっしょに来てほしいくらいだよ」

「何それ、プロポーズみたいやん」

「みたい、じゃなくてさ。本当に行かないか？」

「……本気なん？」

道夫はふざけ半分な態度をやめて、真剣に頷いた。

彼女は仕事がうまくいっていないらしいと、知り合いの常連客から聞いたことがあった。もしかしたら、今なら道夫の言葉に耳を傾けてくれるかもしれない。そんな打算が働いていたことは否定できない。

「結婚してたって、好きなことはできるだろう？　同僚の奥さんもみんなそんな感じだよ。家事と子育ての合間に好きなことやって、充実してるらしいし」

「合間に……か。平くんはわたしに家事と子育てをしてほしいの？」

身も蓋《ふた》もないプロポーズだった。けれどあの頃の道夫にとって、結婚のイメージはそれしかなかった。自分の両親もそんなふうだったし、会社の女子社員はほとんどが一般職で、結婚すれば退社するのが暗黙の了解だった。早々に結婚相手を見つけようという彼女たちは、積極的に近づいてくる。真面目な道夫はそんな女性たちにそれなりにモテて、自信を持てるようになってもいたから、ありふれた感覚だったけれど、好きな子を幸せにしてやれるつもりだった。

彼女も仕事なんて腰掛けで、そろそろ適齢期で、結婚相手として自分は遜色《そんしょく》ないだろうと思ってしまっていた。もし今、仕事がうまくいっていないなら、きっとこちら側へ来てくれるだろうと。

こちら側、そう、思えば自分は、彼女にもこちら側へ来てほしかったのだ。

転勤の話をしたとき、会社に振り回される転勤族でいいのかと、友人に起業を誘われたのだった。あの頃時代はバブル景気で、友人がはじめた並行輸入の会社は順調だったし、彼はまだ何かをはじめるつもりだったようだ。

人生が輝けるような、そんな漠然として、とにかくやりがいのある仕事というものがもてはやされ、会社の歯車なんてつまらないという意識が若者の間に蔓延《まんえん》していた頃、道夫ももっと、自分の可能性を試したいと思わなかったわけではない。

会社にとどまったのは、自分の意思というよりは、ただ今の場所を離れるのが不安だっただけだ。それで本当にいいのか、後悔しないのか、わからなくて、彼女がこちら側へ来てくれれば安心できると思えた。

あの頃から、たぶん今でも、景子と自分の間には、はっきりした境界がある。クラブハウスサンドにはさまれた、一枚の余分なパンみたいに。

「平くんは、クラブハウスサンドが苦手？」

テーブルの上のクラブハウスサンドは、手がつけられないままだった。中途半端なサンドイッチだ。二枚のパンの間にもう一枚パンが挟まっているから、どこまで手に取ればいいか一瞬わからなくなるが、三枚のパンを一度につかまないとバラバラになってしまう。二種類の具材を仕切る間のパンは、歴然とした境界となって、チキンとベーコンを隔てている。

「わたしは好き。チキンとベーコン、どちらかひとつを選ばなくていいから」

ふられたんだと、そのときはまだ実感できなかった。

「ありがと、プロポーズなんてはじめてだった」

あれから道夫は、黙々と目の前の仕事をし、家族を得た。転勤を繰り返し、単身赴任も少なくなかったから、子供たちは少々よそよそしかったが、独立した今は働き続けた父親の気持ちがわかるようになったようだ。不満というほどのものもない。自分で選んだ人生だ。

それでいて今になって、クラブハウスサンドを食べてみたくなった。自分はひとつを選ぶたびに、もうひとつを捨ててきた。でも、景子は選ばなくていいと言った。その意味が、今ならわかるだろうか。

＊

「どうして、クラブハウスサンドだったのかなあ」

笹ちゃんが、イヤホンをはずしながらつぶやく。布団に寝そべっていたわたしは、読みかけの本から顔を上げる。

「裏メニュー、どうしてほかのメニューじゃなかったんだろうって」

1LDKの自宅は、元々笹ちゃんがひとりで暮らしていた部屋だ。そこへわたしが転がり込んだものだから少々狭いが、一部屋が畳の間だったので、布団を並べて寝ている。子供の頃も、そうやって同じ部屋で過ごしていたことを思うと、少なくともわたしは窮屈には感じていなかった。

「笹ちゃんは、何か理由があると思うの？」

マスターが好きだったか、お客さんのリクエストか、それともメニューにあるというトーストのパンが余ったから？　たまたまクラブハウスサンドになったかのように、わたしは考えていたから、笹ちゃんの疑問が意外だった。

「お店にとっては意味のあるメニューだったから、クラブハウスDAYなんてのがあるんじゃないかな」

たしかに、こだわりを持ってお店を経営していれば、たまたま、何となくなんてことはなさそうだ。わたしはどうにも、こだわりとは縁がない人間なのかもしれない。が、そんなことではいけない。もう少し物事について深く考えたほうがいいのではないか。と思うから、いろいろ想像をめぐらせてみた。

「今日店へ来た男の人にとっては、クラブハウスサンドは恋人との思い出……？」

そう言いながらわたしは、笹ちゃんの元彼がパリに行っていたらしいことを思い出した。わたしにとっては、クラブハウスサンドのお客さんよりずっと気になる。思い出したら訊かずにいられなかった。

「ねえ、笹ちゃんは、前の彼とどうして別れたの？」

唐突だっただろうけれど、笹ちゃんは驚く様子もなく考えていた。

「んー、どうしてだろ。彼がフランスのレストランで働くことになって、それで、いつまで向こうにいるかわからないから、待たなくていいって言われたから、かな」

「えっ、笹ちゃんはそれで納得できたの？」

「すごく一生懸命な人で、料理が大好きで、夢中になると周りが見えなくなるの。じゃましたくなかったし、彼にとって最優先なのは仕事のことだってわかってたから」

「じゃあ、今でも好きだとか？」

笹ちゃんは、小さく首を傾げた。

「尊敬できる人だよ。レストランの職場で先輩だったときから頼りになったたな。そばにいると、料理のことだけじゃなくてすごく刺激になるし、話してても楽しいし」

それは、好きだということではないのだろうか。

「彼の近くにいると、次から次へ新しいことが起こって、めまぐるしいくらいパワーを感じて、息をつく暇がないくらい。今も、帰国して休む間もなく、京都のちょっとおもしろいレストランの企画でシェフやってるし、イベントやパーティや駆け回ってるから、以前と変わってなくてちょっとまぶしいかな」

そんな人のレストランに誘われたら、笹ちゃんはやっぱり『ピクニック・バスケット』をやめてしまうのではないだろうか。

「その人も、笹ちゃんのことまだ好きかも……」

「ないよ。ただの後輩じゃない？　連絡があったのも、後輩の結婚パーティのメニューをみんなで考えるためだし」

「そ、そうなんだ」

わたしはひそかに胸をなで下ろす。笹ちゃんにとってはそれが望ましいことなのかどうかわからないのだから、どうしようもなくわがままだ。

「蕗ちゃんは？　東京で彼氏いたじゃない」

一年ほどで別れてしまった。それからは彼氏も好きな人もいない。

「わたし、束縛しちゃうのかな。いつもそれでふられちゃうから、ちゃんと直さないと恋なんてできそうにないや」

「束縛？　蕗ちゃん、そんなふうに思えないけど。わりとすぐにあきらめるじゃない？　同じ人を好きなクラスメイトがいたりしたら、さっさと譲るし。相手の好みが自分とは違うって聞いたらもう告白なんてできないし。それでよく悩んでて、こんなふうに布団の上で話を聞かされたもんだよ」

懐かしいからか、わたしの失恋話にもかかわらず、うれしそうに笹ちゃんは布団にごろりと横になる。けっしていい思い出ではないが、笹ちゃんと話したことはいやな記憶ではない。昔からわたしは、友達には言いにくいことも笹ちゃんには言えてしまう。笹ちゃんが姉でよかったとしみじみ思う。

「でもね、前に別れた人に、重いって言われたの。これまでもそうだったのかなって思うと、またそんなふうに思われたくないじゃない」

うまくいくと浮かれてしまって、過剰に彼女面してしまうのかもしれない。

「重いかあ……。同じくらいの重さで好きになってくれる人ならいいのにね」

「うまく釣り合うことってあるのかな」

「ふたりで、バランスを取り合おうとすればいいのかも」

「それって、相手の気持ちにちゃんと応《こた》えて、気持ちをやりとりしないとできないよ」

「それこそ相思相愛」

「じゃあ無理だー」

わたしも布団に体を投げ出す。無理でもいいような気がした。東京でひとりで暮らしていたときは、いつも何かにあせっていたけれど、笹ちゃんがそばにいると安心する。それはやっぱり、友達ではなく姉だからだろう。

「もう寝よう、明日《あした》の朝ご飯はクラブハウスサンドね」

「どうして？」

「このところ何回も何回も、クラブハウスサンドって聞いてたから食べたくなっちゃった」

じつはわたしもだ。ライトを消して、布団に潜り込みながら、早くもおなかがすいてきていた。

＊

『トワイライト』のあった場所は、阿部さんが教えてくれた。笹ちゃんとわたしは、店を閉めた後にそこを訪ねてみることにした。店の雰囲気がわかれば、そこで出されているサンドイッチがイメージできるかも、という笹ちゃんは、どうしても『トワイライト』のサンドイッチを知りたいようだ。

今朝、笹ちゃんがつくったクラブハウスサンドは、とてもおいしかったが、笹ちゃんは出来栄えに満足できなかったようだ。思いつきだったので家にトマトがなく、ケチャップでトマトの風味がプラスされたが、見た目も味も十分だったとわたしは思う。

結局、『トワイライト』のサンドイッチは、定番のものだったのか、それとも違っていたのだろうか。何が人を引きつけていたのだろう。

「あの店じゃない？」

笹ちゃんが指さした先に、石造りの建物が見える。二階にはアーチ形の窓が並んでいて、古そうだがステキなビルだ。入り口の階段を上がっていくと、オークの重厚なドアがある。パティスリーというには甘い雰囲気のない入り口だったが、そこを開けると、目に飛び込んでくるショーケースには、色とりどりのケーキが並んでいた。

「あのう、ちょっとお尋ねしたいんですが、ここに昔あったコーヒー店のことご存じですか？」

笹ちゃんはさっそく、シェフと呼ばれている人に目をつけて話しかけた。三十代後半くらいだと思われる男性だ。店内の、クラシックな木の壁やゴシックふうのシャンデリアや、ビロード張りの椅子も、洋菓子店なのにあまくない。大人向けの落ち着いた雰囲気なのは男性パティシエらしいという気がした。

「ああ、『トワイライト』でしょ？　よく訊かれるんですよ。うちが入ったのは、『トワイライト』の次に別の店が入った後だったんで当時のことは知らないけど、内装はほとんど変わってないらしいですよ。板壁も天井の格子も、装飾入りの柱も同じなんで、懐かしいと見に来るかたもいます」

本当に訊かれ慣れているらしく、すらすらと説明してくれた。

「クラブハウスＤＡＹって、お聞きになったことあります？　『トワイライト』でのイベントかもしれないんですが」

「ええ、それもよく聞きますよ。閉店するってときに決まったらしいですね。十年後の閉店記念日、っていうんですかね？　とにかくその日に、常連さんたちがそれぞれにクラブハウスサンドを食べるって約束したとか」

そうだったのか。十年後のその日がもうすぐに迫っている。だからかつての常連客が、店の外観だけでも見ようとやって来ている。そうして近くに、クラブハウスサンドを食べられる店がないかさがしているのだ。

「うちはパティスリーなのに、サンドイッチがほしいって人が何人かいて、困りましたよ。どこならあるのかって訊かれても、よくわからないんで、靭公園にサンドイッチの店があるって教えるんですけどね」

笹ちゃんとふたり、思わず顔を見合わせた。

「それ……、うちです」

さすがにシェフは驚いたようだった。

「えっ！　本当ですか？」

「このところ、クラブハウスサンドがあるかってやって来るお客さんが何人かいて、『トワイライト』の名前を耳にしたので、わたしたち、気になって来てみたんです」

「ああー、すみません。僕のせいだ」

「いえ、そういう巡り合わせにしても、サンドイッチでつながったのなら、すごくおもしろいです」

笹ちゃんの言葉に力がこもる。誰かがどこかでサンドイッチの話をして、それから『ピクニック・バスケット』につながる。たしかにちょっとおもしろい。そのつながりを笹ちゃんは、味わいたいとこだわるのだ。わたしは少しだけ、笹ちゃんの頭の中が見えたような気がしていた。

シェフは、営業用の笑顔からふと真顔になる。

「サンドイッチでつながるか……。だったら僕も、そのつながりのピースなんでしょうか」

「もしかして、『トワイライト』のクラブハウスサンド、召し上がったことがあります？」

　笹ちゃんが、おっとりした口調ながらも素早く切り込んだ。

「いえ、僕ではなくて、母なんです。僕がまだ小さいとき、母はミナミにある小さな会社で働いていて、ときどき『トワイライト』でクラブハウスサンドを食べていたそうです。そこで知り合った人たちといろんな話をするのが楽しみだったようですね」

　笹ちゃんは頷きながら、趣のある店内をしみじみと見回した。

「この重厚な雰囲気なら、クラブハウスサンドが似合いそうですよね。古き良きアメリカの、大人のクラブって感じ」

「ええ、僕もニューヨークのケーキ店をイメージしていたので、ここに決めたんですよ」

「お母さまのお話を聞いて、ここを見にいらっしゃったんですか？」

「母の話なんて忘れてたんですが、契約してから思い出しました。そういえば母が通ってた店があった場所じゃないかって」

「それは、お母さまがつないだご縁かもしれませんね」

「どうなんでしょう。僕は母とはあまりうまくいっていなかったので」

　閉店間際の時間だからか、お客さんがまばらなのもあって、シェフはわたしたちとの会話に付き合ってくれている。初対面のわたしたちに、ふつうはしないような話もするのは、笹ちゃんには料理人として親近感をおぼえているからか。それにたぶん、クラブハウスサンドはシェフにとって、理解できない母につながる食べ物なのだろう。

「母は見栄《みえ》っ張りで、『トワイライト』では子持ちの未亡人だってことを隠して、仕事もデザイナーだと偽ってたんです。ブティックを持っているとか、ファッション誌に載ったとか。そんな嘘を鵜《う》呑《の》みにする人もいたのかどうか、プロポーズされたことがあるなんて、息子の僕に自慢げに話したこともありますよ。まあ、見栄に気づいていた人もいたでしょうが、大人のコーヒー店では知らないふりをしてくれていたんでしょう」

「いつもとは違う自分になれるなんて、楽しそう。この建物でクラブハウスサンドを食べたら、日常を離れられそうですもんね」

笹ちゃんがそう言うと、シェフは不思議そうな顔をしていた。

「お母さまは、どんなサンドイッチだったかおっしゃってました？」

「いえ、聞いたことがないですね。それにもう、訊けません。五年前に他界しましたから」

母子の関係は疎遠のままだったのだろうか。けれど心残りがないわけではない。だからシェフは、わたしたちにこんな話をするのだ。

「クラブハウスサンド、食べてみません？」

笹ちゃんにしては押しの強い口調だった。

「うちでつくります。『トワイライト』のレシピはわかりませんが、今でもここを訪れる人がいて、クラブハウスサンドのことを訊ねるなんて、そんなサンドイッチに近づいてみたいです」

「見栄っ張りの女が好んだクラブハウスサンドを？」

「本当に、見栄っ張りだったんでしょうか」

店内をゆるりと見回す笹ちゃんは、かつてここでクラブハウスサンドを食べていたかもしれない女性に、思いを馳《は》せたようだった。

＊

義父母の家から連れ出した息子を、岡本《おかもと》景子は、たまに梅田《うめだ》の繁華街へ連れて行くことがあった。あれはたしか、スーパーファミコンのゲームソフトを買いに出かけたときだったただろうか。息子の敦也《あつや》はずっと上機嫌だった。買い物がうれしいからか、久しぶりに母親に会ったことを喜んでくれているのか。そうだったらいいと景子は思うけれど、たまにしか会わない母親に、彼が素直に甘えてくれることはなく、少し遠慮しながら、おずおずと景子の手を握っていた。

敦也を産んで間もなく、夫が他界したために、景子は夫の両親が住む大津《おおつ》の家を出て、大阪で暮らしはじめた。いろいろ話し合った結果、敦也は祖父母である夫の両親の養子にすることになり、景子は時々会いに行くだけの母親になったのだ。

お母さんはデザイナーなんよ。帽子をデザインしてるの。息子はそれが嘘だと義母から聞いたようだったが、景子はいつも流行の服を身につけ、華やかな帽子をかぶって息子に会いに行っていた。派手ななりに、義母はたいてい眉《まゆ》をひそめた。

ＤＣブランドが人気の中、そんな高価な服を買えるわけもないが、「見栄っ張りだからいつも違う服を着ている」と義母に陰で言われていた景子は、帽子はもちろん、自分で好みの洋服をつくることができたのだ。船場センタービルで見繕った生地を縫っていたことは、息子も義父母も知らないだろう。

キデイランドで目当てのものを買い、少し打ち解けてきた敦也と、ビルの中にある喫茶店に入った。窓際の席に座り、敦也は迷わずチョコレートパフェを頼む。景子はメニューをざっと眺め、コーヒーとショートケーキにする。クラブハウスサンド、とメニューにはある。でもここは、明るすぎる。ランプの明かりがまぶしく感じるような、落ち着いた場所で食べるクラブハウスサンドが好きだ。黄色みがかった光と暗い影がせめぎ合う中、コーヒーの香りが濃く漂うと、レタスの緑とトマトの赤がセピア色の世界にくっきり浮かび上がって、日常とは違う世界に入り込んだような気がする。

そこでしか食べられない、とくべつなサンドイッチになる。景子にとってクラブハウスサンドはそんなイメージだ。

「お母さんには恋人がおるん？」

思い切ったように、敦也が訊いてきた。驚いたが、義母から聞いたのだろうとは想像できた。

「お母さんがその人と結婚したら、よその人になるんやて、おばあちゃんがゆうてた」

敦也の母であることに変わりはないが、再婚したら別の家庭を持つことになる。義母の言うことは、ある意味正しいのだろう。

「よその人にはならへんし、恋人もおらへん」

「お母さん、モテるんやろ？　ようゆうてるやん」

「そらモテるけど、プロポーズされても断ったんよ」

「断ったん？　なんで？」

「その人はな、家にいてくれる奥さんが欲しかってん。でもわたしは、デザイナーをやめられへんからなあ」

「お母さん、デザイナーって嘘やん。なんで嘘つくん？」

本当は子供がいて、パートの事務員だなんて知ったら、彼は幻滅しただろうか。いや、薄々景子の嘘には気づいていたかもしれない。だからあんなふうに、景子の嘘を指摘せずに、仕事をやめればいいというような話をしたのではないか。

もう自分を偽る必要はないと、いっしょに来てくれればいいだけだと、彼は言いたかったのだ。

「嘘やないよ。それがもうひとつのわたし」

敦也は、わけがわからなかっただろう。もういいやとばかりに、パフェを食べ始めた。

「その人はね、はじめてわたしにプロポーズしてくれた人や。わたし、すんごいモテるのに、はじめてやってん」

心が動かなかったわけじゃない。彼のことは好きだった。同い年で気が合ったし、好みの映画や音楽も似ていた。学生時代の延長みたいに、気を遣わず対等でいられた。

とっくに、自分に何かを成し遂げるような才能なんてないことは気づいていたし、息子にとってどうしても必要な母親でもない。だったら彼と、新しい人生を歩めるかもしれないと、短い間に揺れ動いた。

でも、たったひとつ、踏み込めなかった原因は、彼が景子の嘘をいらないものだと思っていたことだ。景子が本当のことを告げて、それを彼が受け入れれば、捨てることができるゴミみたいなものだと考えていた。

景子にとっては、もうひとつの自分を消すことはできないのに。

「お父さんは？　お母さんにプロポーズせえへんかったん？」

敦也はまだ、母の話を聞いていたらしい。

「わたしのほうがプロポーズしたんや。大好きになってしもたから。ほかになんもいらんと思た」

「僕もいらんの？」

パフェを食べる手は止まらない。何気なく言ったかのようで、けれど緊張感が伝わってくる。小さい息子に、淋《さび》しい思いをさせてしまっている、自分勝手な母親だ。手元に置くべきだったのだろうか。でもそうしたら、敦也はこんなふうに、ゲームを買ったりパフェやケーキを好きなだけ食べることもできなかっただろう。

「そんなわけないやん。お父さんは、なくしたらあかんもんをいっぱいくれた。なんもいらんかったのに、今は、あっちゃんもそうやし、大事なもんばっかりや」

だから景子は、それを守り続けたい。敦也をよその子にはしまい。

「あっちゃんも食べや」

ショートケーキを彼のほうに押し出すと、敦也は黙ったまま頷いた。

大津まで敦也を送り届け、大阪へ戻ると、もう夜も遅い時間になった。景子はその足で、『トワイライト』へ向かった。日曜日の夜は、さすがにすいていて、見知った顔もない。景子はカウンター席に座り、コーヒーとクラブハウスサンドを注文した。

青いチェックのベストを着たマスターが、いつものように微笑んでいる。「いらっしゃい」低い声に迎えられると、景子は解き放たれ、もうひとつの自分になる。

「調子はどうですか？」

マスターが問う。

「あきませんわ。店、たたむかもしれません」

本当は店なんてない。パート先から仕事を切られそうになっているだけだ。新しい仕事を早く探さなければならない。

「悪いこともあれば、次にはいいこともありますよ」

目の前にクラブハウスサンドが出される。これだけが景子にとって唯一の贅沢《ぜいたく》だ。亡き夫と、ここで食べたことがある。夫は常連だったが、一度だけ彼に連れてこられた景子のことは、マスターは覚えていないだろうし、景子が常連になったのは、夫が亡くなってからだ。

「マスター、なんで常連さんにクラブハウスサンドを出すようになったんですか？」

「これな、未完成ですやろ？」

夫と来て訊いたときと、同じ返事だった。穏やかに微笑んでいるマスターは、もしかしたら、景子を覚えていたのかもしれない。

クラブハウスサンドは、サンドイッチの中ではちょっと変わり者だ。外見も、具材も味もサンドイッチらしい王道のように見えるけれど、大胆に常識をくつがえしている。そのことに気づいたわたしは、誰かに言いたくてうずうずしていた。

キッチンには笹ちゃんがいるが、当たり前過ぎてあきれられそうだ。だからまず、小野寺さんに話してみようと待っていたのだが、小野寺さんより先に現れたのは川端さんだった。

「おはようございます、蕗ちゃん」

親しみのこもった笑顔を向けられると、わたしの頬もゆるむ。川端さんにも話してみようかな、なんて思ってみたりする。困惑されたらどうしよう。いや、まずはちゃんと仕事をしないと。

「おはようございます」

わたしはいつものように、食パンの入った袋を受け取り、中を確かめる。今日も少しの隙もないきれいな焼き上がりだ。いい香りが漂ってきて、それだけで楽しい心地になる。

「そうだ、川端さんは甘いものお好きですか？　昨日本町のパティスリーで買ったんですけど、よかったら」

シェフがわたしたちの訪問に時間を割いてくれたので、笹ちゃんとお店のお菓子を買い込んできた。もちろん川端さんのぶんもある。

「いいんですか？　ありがとう。あ、これ、ブラウニーですね？　知り合いのお店ですか？」

「いえ、知り合いというか、この店の場所に、昔『トワイライト』というコーヒー店があったらしくて、名物がクラブハウスサンドだったって話を耳にしたので行ってみたんです」

「クラブハウスサンドか。僕も好きですね。なにしろあれは、パンが余計に入ってる」

それは、たった今わたしが考えていたことだった。

「そ、そうなんですよ！　三枚のパンではさんでますよね。でも、まん中のパンはサンドの役に立ってないんです」

つい勢い込んでしまうが、川端さんがやさしく頷いてくれるから、ますます力がこもる。

「二種類の具材を仕切ってるパンなんですけど、そのせいで一見サンドイッチがふたつあるのかと思うじゃないですか。でも実際は、一気に三枚のパンにかぶりつかなきゃならないっていうのが意表を突いてるっていうか、おもしろいなって思うんです」

「うん、たしかに。一つのサンドイッチなのか、二つなのか、一瞬戸惑いますよね。まん中にパンがなかったら具材が多いだけになってしまうんだけど、あれがあるから、二つのサンドイッチを一気に楽しめるような感覚になる」

わかってもらえてうれしかった。たぶんわたしはニヤけてしまっていたから、それを隠すためにショーケースを拭《ふ》いてみたりした。

「それで笹ちゃんは、『トワイライト』名物のクラブハウスサンドをつくるつもりなんですか？」

川端さんも、笹ちゃんのサンドイッチへの入れ込み具合はよく知っている。

「はい。でも、実際に食べたって人の話は聞けてないんです。もう十年も前に閉店したそうなので」

「十年ですか。その頃だと、僕もこの辺に来ることはなかったし、店の名前も聞いたことないなあ」

「小野寺さん、店は知ってたんですけどクラブハウスサンドは食べたことがなかったので、知り合いに訊いてくれてるんです」

「小野寺さんは顔が広いですもんね。それに、意外と頼れる」

ほめているのに、小野寺さんのことになるとやっぱり川端さんは、少しだけ眉をひそめている。

「そうなんですよ。子供っぽくふざけたりするけど、何かと親身になってくれて、頼れる人なんですよね」

「小野寺さんがうらやましいな。蕗ちゃんに頼ってもらえるなんて」

ため息まじりに川端さんは言った。

「え……」

そうして、真顔でこちらをじっと見られたりしたら、わたしはどうしていいかわからなくなる。端整な眉に通った鼻筋、ちょっと色素の薄い瞳《ひとみ》、日頃意識していなくたって意識してしまうではないか。

「何？　僕の噂話かいな」

戸口に小野寺さんが現れた。川端さんに見とれてしまいそうになっていたわたしは、我に返ると同時にほっとしてもいた。

「悪口ですよ」

大抵は礼儀正しい川端さんが、こういう言い方をするのはわたしが知る限り小野寺さんに対してだけだが、けっして意地悪とかではない。川端さんは小野寺さんに気を許しているのだ、というのが西野さんの分析だが、わたしも納得している。

「ほんま？　聞いてみたいわ、言われたことないねん」

「それは幸せですね。じゃあ蕗ちゃん、また」

「あ、はい。ありがとうございました」

帰っちゃうんだ、とちょっと残念な気がしてしまったわたしは、どうかしている。仕事中だ、浮ついた気持ちでいてはいけない。だいたい、川端さんがうらやましいと言ったのは小野寺さんのことだ。わたしが頼るかどうかよりも、周囲に頼られるところがうらやましい、そういうことに違いないのに、勘違いもはなはだしい。ああもう、わたしときたら、なんておバカなんだろう。

「小野寺さん、コロッケサンドですね？」

「うん、頼むわ。コーヒーもな」

気持ちを切り替えて、わたしはコロッケサンドとコーヒーを用意した。小野寺さんは、スナフキンみたいな帽子を取って、カウンター席に陣取る。

「そうそう蕗ちゃん、『トワイライト』のクラブハウスサンド、食べたって人は何人かおったけど、みんな具材のことはぼんやりとしかおぼえてなかったわ。コーヒーによく合ってたとか、楽しかったとか、万博やったとかバブルやったとか氷河期やったとか、単なる青春の思い出やん」

「『トワイライト』はかなり昔からあったんですね」

「そやな。半世紀くらいあそこにあったらしいから、いろんな年代の人が通ってたわけや。で、具材もきっちり決まってたわけやないみたいで、チキンやレタスはまあ変わらへんとしても、チーズ、卵、ハム、いろんなパターンがあったみたいやな」

そもそもクラブハウスサンドは、店によって多少の具材の違いはある。もともとターキーがメインだったサンドイッチだが、日本では大抵の店でチキンが主流みたいだから、わりと自由なのかもしれない。

「なあ蕗ちゃん、クラブハウスサンドの条件ってなんやと思う？　これがないと、クラブハウスサンドやない、ってやつ」

「それ、さっき川端さんと話して、意見が一致したんです。パンでしょう？　パンが三枚だってこと」

「なるほど、そこか。川端くんにとってはパンは多いほうがええわな。それで盛り上がってたから、ちょっと不機嫌になったんか」

小野寺さんはなぜかクスクス笑う。

「不機嫌でした？」

わたしにはそうは見えなかった。

「僕がじゃましたみたいやん。川端くん、もう少し蕗ちゃんと話したかったんやないか？」

「まさかあ。わたしなんて」

話がおもしろいわけでもないし、たいしてこだわりもなくて能天気だ。川端さんなら、周囲にいくらでも才能のあるステキな人がいるではないか。

「蕗ちゃんはトーストしたパンやな。外はカリッとキツネ色、中はふんわりやわらかい」

トーストしたパンではさんだコロッケサンドをひとくち食べて、小野寺さんは言う。

「何ですかそれ？　意味わかりませんよ」

「クラブハウスサンドは、トーストしたパンやないとあかん」

三枚の、トーストしたパンではさんだのがクラブハウスサンドの基本。具材は、少しばかり変化があってもいい。小野寺さんのポエム的な表現はやっぱり意味がわからないけれど、クラブハウスサンドにはパンが重要だってことは間違っていないのだろう。

「笹ちゃんは白いほうの食パンや」

頬杖《ほおづえ》をつくポエマー、小野寺さんの目尻《めじり》が下がった。


店を閉めてから、笹ちゃんとわたしは、クラブハウスサンドづくりに取りかかった。まるごとチキンを買ってきて、オーブンで焼く。ローストチキンは、店のメニューにあるローストチキンサンドよりシンプルな味付けだが塩胡椒《こしょう》は効かせている。アメリカ風に、と笹ちゃんは言う。

「考えてみれば、意外と素朴なサンドイッチだね。名前は何だかゴージャスだけど、具材からして定番だもん」

わたしは食材を用意する。パンに塗るスプレッドはマスタードマヨネーズ、具材はレタスにトマト、チーズにベーコン。どうやら笹ちゃんは、正統派のクラブハウスサンドをつくろうとしている。

「サンドイッチにはさむ具材の定番、お茶請けじゃなくてご馳走《ちそう》サンドイッチの元祖って感じだね」

「『トワイライト』のは正統派クラブハウスサンドだったたって、笹ちゃんは思うの？」

「うん、そう。あの建物も店内も、いかにもアメリカンクラシックだったでしょ？あの雰囲気でコーヒーを淹《い》れるなら、きちんとしたクラブハウスサンドを出したくならない？」

そして笹ちゃんは、慎重な手つきでパンを切りはじめた。

「ねえ蕗ちゃん、パティスリーのシェフ、岡本さんが言ってたお母さんの話って、ここへ来てたロマンスグレーの男性の話と重ならない？」

手を動かしながら、そんなことを言う。

「あ……、昔、帽子デザイナーの女性にふられたって話？」

「そう。岡本さんのお母さんは、デザイナーだと偽ってて、プロポーズを断ったって話だったでしょ？」

「三十年くらい前だっけ？　年齢的に……、合いそうだね」

お母さんは、子供がいたのにいないふりをしていた。そうしてあの男性と『トワイライト』で出会い、けれどプロポーズを断ったのだろうか。

「じゃあさ、笹ちゃん、もし彼女が嘘をついてるって知ってたら、あの男性は彼女を好きにならなかったのかな」

「子供のことはともかく、デザイナーじゃないってことは気づいてたかも」

「それでもプロポーズしたってこと？」

「むしろ、気づいてたから告白したような気がしたの。転勤が決まって告白でしょ？彼女についてきてほしいってことでしょ？　そう言えたのは、彼女は仕事をやめることができると思ったからじゃない？」

レタスを洗いながら、わたしは考え込んだ。嘘を見抜かれていたなら、彼女はもう嘘をつく必要はなかったのに。

断ったのはどうしてだろう。ただの友達だったから？　さすがに子供のことは受け入れてもらえないから？

それとも、もしかしたら彼女は、『トワイライト』にいるときの自分を失いたくなかったのかもしれない。

「彼女の嘘は、見栄じゃなかったって、笹ちゃんは思うんだよね？」

「うん、見栄じゃなくて、希望、みたいなものなんじゃないかなって。なんか、卑屈な印象がなくて、すがすがしい気がしたから」

彼も結局、彼女の嘘を、そのまま受け入れることにしたのだろうか。『トワイライト』では、彼も現実の自分とは違う、ささやかな夢を見ていたのかもしれない。選べなかった道の先に、あったかもしれないキラキラしたもの。それは、手にすることができなかったのに、どういうわけかいつまでも、宝物みたいに胸の奥に収まっている。『トワイライト』に集まっていたのは、そんな宝物を抱えた人たちだったのか。日常を離れた空間で、家と会社を行き来していたら会わない人たちと会い、普段とは違う話題で盛り上がったとき、現実の自分とは別の人生が接しているように感じられたのだろうか。

笹ちゃんがパンと具材を重ねていくのを、わたしは傍らで見ている。こんがり焼いたパンの上にチキンとレタスをのせ、またパンをのせる。サンドイッチはそれで完成するはずなのに、クラブハウスサンドは違う。閉じたはずのパンの上に、またベーコンが、トマトが置かれる。

いくつでも重ねていける。夢も理想も憧《あこが》れも。

十年目のクラブハウスDAYに、『ピクニック・バスケット』でクラブハウスサンドを売り出すことにした。そのチラシを、わたしたちは岡本さんのところへ持って行く。もし『トワイライト』を目当てに訪れる人がいたら渡してほしいとお願いしたら、岡本さんは思いがけない提案をしてくれた。

「この店を使いませんか？」

クラブハウスDAYの夜、洋菓子店の閉店後に、かつて『トワイライト』があった場所でクラブハウスサンドが食べられる。そんな企画が急遽《きゅうきょ》立ち上がったのだ。

はたして人が来るのかどうかわからない。でも、やってみたら面白そうだ。

「清水さん、もし誰も来なくても、僕はここで、クラブハウスサンドを食べてみたいんですよ」

数日前は、お母さんのことを話すのに眉をひそめていた彼が、穏やかな口調でそう言う。お母さんのことは理解できなくても、サンドイッチを食べてみれば、ほんのわずかでも近づけることがあるかもしれないと思ったのだそうだ。

おいしいか好みじゃないか、どこかで食べたような味か、初めての体験か、なんでもいい。感じたことはたぶん、細い糸のようにでも、お母さんが感じていたこととつながるだろう。

そうして訪れたクラブハウスDAYの当日、ひっそりと開かれたパーティには、どこからともなく人が集まってきた。

狭い店内にほどよく収まるくらいの男女は、年配の人が多かったが、中には若い人もいたから、身近な誰かの思い出を携えて『トワイライト』を訪れる気になったのだろうか。

小野寺さんと阿部さんの姿もあった。かつてクラブハウスサンドを食べた人も、食べたことのない人も、いっしょになって昔を懐かしみ、あちこちの輪で話に花が咲く。

この前わたしたちの店へ来た、ロマンスグレーの紳士もいた。岡本さんと話す機会があるかどうかはわからないけれど、同じ場所にいる不思議な邂逅《かいこう》は、『トワイライト』が運んだ奇跡に違いない。

サンドイッチとコーヒー代が会費ということにして、立食形式ながら、わたしたちはクラブハウスサンドをきちんとお皿に盛り付け、フライドポテトとパセリも付け合わせた。コーヒーは、岡本さんが知り合いのバリスタに頼んで、サンドイッチに合うものを選んでもらったという。『トワイライト』のコーヒーとは全く違うだろうけれど、どのみちサンドイッチも同じではない。

「笹子さん、蕗子さん、なんだか夢みたいですね」

岡本さんは、自分の店に重なって現れた『トワイライト』を見ているのか、浮かれたように言う。

「それに、クラブハウスサンド、とてもおいしかった」

「本当ですか？　よかったです」

「少し、母の気持ちに近づけたんでしょうか。いろんなことを思い出しました。どういうわけか、記憶にない父のことも」

岡本さんは、アーチ形の窓に視線を向けた。

「母は、理想も現実も、手放さなかったんでしょう。もしかしたら母の嘘は、父とつながるものだったのかもしれないんです」

「亡くなったお父さまですか？」

「輸入繊維を扱う会社で働いていたと、祖母に聞いたことがあるんですが、洋裁が得意だった母とは、将来の夢があったんじゃないかと思えてきたんです。ふたりで会社を起こし、生地から作った帽子や服を小さな店に並べる。そんなイメージがふとわいて……」

「お母さまは、実現しなかった夢を、もうひとつの人生のように育ててらっしゃったんですね」

「そういうことなんでしょうか。思えば、葬儀に来た母の知人がいました。母が縫った帽子を、その人の雑貨店に少しだけ置いていたそうでしたが、聞いたときも僕は、趣味に毛の生えたものだろうと、その程度にしかとらえてなかったんです」

かつて『トワイライト』だった店内を、岡本さんは見回す。

「たぶん窓際の席で、母はクラブハウスサンドを食べていたんです。私が小さかった頃から母は、外が見える席が好きだったから」

岡本さんが視線を定めた窓際で、若いころのお母さんは、きっと楽しそうに、クラブハウスサンドに手を伸ばしている。

「どんな女性だったんですか？」

笹ちゃんもその人を見ようとしている。

「少女みたいな人でした。童顔で、なのにアンバランスな赤い唇で、にこやかに話しかけてくるんです。喫茶店へ入ると、決まって自分が注文したものを私のほうに寄せて、〝あっちゃんも食べや〟って」

クラブハウスサンドを、そんなふうに差し出すお母さんを彼は想像しているのだろうか。

クラブハウスサンドは三枚のパンが基本。二枚でサンドすればそれで完結するけれど、三枚だと、もしかしたら完結していないかもしれない曖昧《あいまい》さが漂う。

選べなかった人生も、失われたわけじゃない。いつでもあのときの自分になれる。コーヒーと、クラブハウスサンドとともにあった過去は、変わらずそばにあって、『トワイライト』を知る人たちに寄り添ってきた。

まだ重ねられる。いくつものつながりを味わって、重ねていける。それが、人が集う場所で食べられた、クラブハウスサンドなのかもしれない。

夢や願い、期待、未来、いろんなものをはさみながら、居合わせた誰かと言葉を交わしながら。

明 日 の 果 実

「もしもし、おじいちゃん？　あたしだけど」

誰かが電話をしている、そんな声が、すぐ近くで聞こえた。公園のベンチで、わたしは何気なく声のほうに視線を向ける。

九月も終わりに近づき、日差しが心地よくなった。のんびりと木漏れ日を受け止めていたときに聞こえたその声は、大きな木の向こう側からだ。携帯電話で話しはじめたのか、そこにいる人は、木の陰になっているわたしには気づいていない。声を潜めることなくはっきりとしゃべっている。

「じつはね、おじいちゃん、ちょっと困ってんの。助けてくれない？　少しでいいからさ」

ん？　オレオレ詐欺？　女性の声だから〝オレオレ〟ではないが、そんなふうに思えてきた。つい耳をそばだてていると、バイト代をなくしたとか、クレジットカードの支払期限がどうとか、怪しい言葉が並ぶ。そっと様子をうかがうと、木にもたれかかって話している声の主は、学生にも見えるくらい若い人だった。オレンジと赤茶色が混ざったような色の、ニット帽を深くかぶっていて、服装は全身黒っぽいせいか、会話がなんだか怪しく聞こえてしまう。

「ありがと、悪いね、おじいちゃん。あたし、おじいちゃんのこと大好きだよ」

これはちょっと、まずいのではないか。お年寄りがだまされそうになっているのでは？　いや、本当のおじいさんに電話しただけかもしれないし。考えている間に、女性はさっさと立ち去ってしまった。

詐欺の電話なら、わざわざこんな心地のいい公園でしないだろう。そう自分に言い聞かせて、わたしもベンチを離れた。

『ピクニック・バスケット』に戻ると、店内にさっきの女性がいた。ドアを開けたとたん、ショーケースを熱心にのぞき込んでいる姿が目に入り、わたしは「あ」と言いそうになった声を飲み込む。笹ちゃんとおそろいのエプロンを着けながら、さっきのことは頭から追い出し、笑顔を作った。

「お決まりですか？」

「ジャムサンドはないんですか？」

顔を上げた彼女は、化粧気がなくて案外素朴な印象だ。

「ブルーベリージャムを使ったサンドイッチなら、こちらのバナナブルーベリーサンドがございます」

彼女は、わたしが示したサンドイッチをしげしげと眺めた。

「ふうん、バナナと、カスタードクリームも入ってるんだ？」

「はい、ケーキ感覚でおやつにぴったりですよ」

「ブルーベリーって、この色と味で、何のジャムかすぐにわかりますよね」

「もしかして、もっと珍しいジャムのサンドがお好みですか？」

笹ちゃんが言うが、彼女はピンとこない様子だ。

「うーん、あまり珍しいものでも困るかな。食べたことのあるものじゃないと……。目を閉じて食べてみて、中身を当てられたらいいことがあるっていうサンドイッチ、さがしてるんです」

「面白いサンドイッチですね。でももし、当てられなかったら？」

「悪いことが起きる……のかも」

「えっ、それは恐ろしいサンドイッチです」

笹ちゃんは、彼女の話に乗っかっていくが、わたしは詐欺電話みたいなさっきの会話が引っかかっていて、少々身構えながら聞いていた。

「大阪にあるって聞いて、さがしに来たんですけど」

大阪に？　そんな謂《いわ》れのあるサンドイッチが？　いやいや、ここでわたしまで引きずり込まれてはいけない。冷静にならなければ。

「聞いたことないですね。大阪のどのへんでしょう」

わたしはなるべく淡々と問う。

「ナガサキってところ」

「長崎ですか？　九州《きゅうしゅう》ではなく？」

「そんな場所ってないですか？」

「この辺りには……、ないはずです」

大阪だって広い。わたしたちみたいに他所《よそ》から来た人間にはわからないが、市内のどこか、あるいは府内のどこかにはあるかもしれないが、少なくともわたしは聞いたことがない。

彼女も、言葉からすると関西の人ではなさそうだ。いったい、何をしにここへ現れたのだろう。オレオレ詐欺の電話役なら、どこにいてもできるわけだし、その奇妙なサンドイッチを、本当にさがしに来たのだろうか。

「でも、心斎橋《しんさいばし》から少し電車に乗ったところだって聞いてるんですけど」

「そこでサンドイッチを買った人がいるんですか？　中身を当てたらいいことがあるっていうサンドイッチを？」

笹ちゃんはもう、不思議議なサンドイッチに夢中だ。

「うん、でもそれが、謎めいた話なんです。真夜中にお姉さんとはぐれて、道に迷って、たまたま声をかけてくれた人についていくと、終電が終わってるはずの地下鉄に乗せられたんだって。降りたところにパン屋があって、サンドイッチをもらったらしいんです。食べたことのあるような味だったけれど、甘くておいしくて、それだけで胸がいっぱいになって、どうしても何のジャムかわからなかったとか」

走ってるはずのない電車に乗るとか、怪談めいている。それに、パン屋で買うのではなくもらうとか、全く荒唐無稽《むけい》な作り話ではないか。からかわれているのだろうか。

「目を閉じる前に、はさんであるものをチラッと見たとかはないんですか？」

笹ちゃんは、突っ込んだ質問をする。

「何かのジャムみたい、だとしか」

そうして彼女は、自分のニット帽を指さした。こんな色らしい、と言う。オレンジと赤茶のまだら模様だ。

「二種類のジャムですか？」

「ううん、たぶん、こんな色の果物」

オレンジ色の果物ならいくつかありそうだけれど、赤茶っぽい部分が多いとなると、傷んでいるようにも思えてしまう。

「もう少しさがしてみます。このへんに、パン屋とかありますか？」

『かわばたパン』が浮かんだが、迷惑にならないだろうか。しかし、わたしが悩んでいる間に笹ちゃんが教えてしまっていた。

ニット帽の女性は、バナナブルーベリーサンドを買って帰っていった。その後も笹ちゃんは、しばらくジャムサンドのことを考えていたらしい。お客さんが途切れたときに、ふと言葉をもらす。

「何のジャムがはさんであったんだろ。わからなかったなら、悪いことがあったのかな」

「そのジャムサンド、もう食べちゃったわけでしょ？　今さら中身がわかっても、意味があるの？」

「具材がわかったら、今からでもいいことがあるかもしれない、とか」

「ふつう、食べてるときに当てられなかったらそれで終わりでしょ。それに、どう考えても作り話だよ。本気にしてどうするの」

「だけどあの人、作り話のために大阪まで来たってことはないと思わない？」

作り話のためでないなら、詐欺のため、なんてことはないのだろうか。わたしはまだ、興味より不審に思う気持ちが強かった。

夕方になって、川端さんがやってきた。近くに用があったから、とついでにわたしたちの取り置きパンを持ってきてくれたのだ。

「コゲ、今日も毛並みがツヤツヤやな」

川端さんは、アームチェアに優雅に座っているコゲにも挨拶《あいさつ》してくれる。コゲはほめられ、まんざらでもなさそうに目を細める。一斤王子を前にしたコゲは、いつもよりキリッとした顔つきになっているようで、もしかしたら張り合っているのかもしれない。

「そうだ、川端さん、ニット帽の女性がお店に行きませんでした？」

笹ちゃんがにこやかに問う。

「ああ、来ました。ナガサキのパン屋さんをさがしてるっていう人。ここでサンドイッチのこと訊《き》いたって言ってましたけど、なんか不思議な話をしてましたよね」

夜中の電車のことを、川端さんのところでも話したようだ。

「心斎橋から地下鉄に乗って、ナガサキへ行って、中身を当てたらいいことがあるっていうサンドイッチを食べただなんて、夢でも見てたんじゃないかしら」

「僕もそう思ったんですが、小さい子供だった頃の話だっていうから、記憶が曖昧《あいまい》な部分があるのかも」

「子供の話だったんですか。ここではそれ、言ってなかったね、笹ちゃん」

「うん、それにしても、誰が子供の頃だろ？　あの人の体験じゃなくて、聞いた話よね」

「じゃあ、いつ頃のことかわからないね」

「ナガサキって名前がつくパン屋さんなら知ってるんですけどね」

「へえ、どこにあるんですか？」

「天王寺《てんのうじ》に。永咲屋《ながさきや》っていう、昔ながらのパン屋さんです」

「そこって、ジャムサンドを売ってるんですか？」

「もう長いこと行っていないんで、わからないとは伝えたんですが。僕の同級生のおじいさんがやってるパン屋さんで、いちおうまだ営業してたはずなんですが」

「昔ながらの……、いいなあ。ジャムサンド、ありそうですよね」

笹ちゃんが期待に目を輝かせるが、わたしは急に心配になった。

「年配の方が経営してるんですか？　あの女性、電話で〝おじいちゃん〟って相手にたかってたんです。詐欺の電話みたいで。まさか、パン屋さんがターゲットだなんてことはないよね？」

「えっ、そうなの、蕗ちゃん？　そんな電話してたの？」

「もしかして、だますために老人をさがしてるってことですか？　永咲のおじいさん、一人暮らしだったかもしれないな……」

川端さんも心配になったようだ。

「だ、大丈夫だよ蕗ちゃん。電話のことは、本当に彼女のおじいさんが相手だったのかもしれないし、詐欺ならサンドイッチにこだわる理由はないし、思い過ごしよ」

笹ちゃんは、わたしを安心させようとそう言っているが、ちょっと心配しているのがわかる。川端さんの知り合いのことだし、彼にまで心配させてしまって申し訳なくなる。

「わたし、ちょっと訪ねてみようかな」

「じゃあ僕も行きます。紹介してしまったんで気になるし」

すると笹ちゃんも手を上げる。

「もとはといえば、わたしが川端さんのところを教えてしまったんです。わたしも行きます」

結局、三人で行くことになった。

繁華街からは少し離れた場所にあるパン屋さんだった。手頃なお惣菜《そうざい》パンや、定番のあんパンやクリームパンが、小さな店内に並んでいる。店番をしていたのは、老人ではなく中年の女性だった。訊《たず》ねると、女性は店主の娘で、店を手伝っているという。

店主は今は留守だということだ。

「ああ、川端くん？　おぼえてるわ。甥《おい》っ子の同級生やろ？　いやー、昔から男前やけど、相変わらずやね」

川端さんは照れながら挨拶をする。わたしたちも自己紹介して、結局いきさつを話すことになると、ニット帽の女性なら、しばらく前にやって来たと教えてくれた。

「そやけど、べつにお金やカードを渡せとは言わんかったなあ。ジャムサンドあるかて訊かれただけ。あらへんゆうたら、いつからパン屋をやってるか訊いてきたわ」

「やっぱり彼女、謎のジャムサンドをさがしてるんですね。蕗ちゃん、詐欺師じゃなさそうよ」

わたしも頷《うなず》く。内心ほっとしている。だけど、自分のおじいさんだとしても、お年寄りにたかるのはよろしくない。

「ジャムサンドゆうたかて、あの子の話はえらい昔のことみたいや。大阪へ来はったんは、あの子のおじいさんやて」

「えっ、そんな昔の話だったんですか？」

どうやら、ニット帽さんは祖父からジャムサンドの話を聞いたようだ。つまり、地下鉄に乗って云々《うんぬん》というのは、おじいさんが幼い頃の話だったということだ。

「永咲屋さんって、そのくらいの頃からありました？」

笹ちゃんが問う。

「ううん、うちは戦後になってからお父さんが始めたんや。それでももう五十年はやってるけど、あの子はもっと前からの店を知りたいみたいやった」

とすると、昭和初期から営業しているようなパン屋さんだということか。そんな古い店が、まだあるのだろうか。ナガサキというのはどこのことなのか。

それに、おじいさんのためにサンドイッチの具を知りたいのだとしたら、お金をせびるような電話は何なのか。ますますわけがわからない。

「そうだ、サンドイッチの中身を当てたらいいことがあるっていう話はご存じですか？」

川端さんも、じつのところサンドイッチの謎に興味があるみたいだ。

「それな、さっきあの女の子もゆうてたよって、後で思い出したんやけど。子供の頃って、そんな遊びをしたもんやったなあって。うちはよう、おにぎりの具を当てっこしたわ」

「そういえば蕗ちゃん、キャンディの味を当てるゲームしたね」

笹ちゃんが言って、わたしも思い出す。

「そうそう、キャンディをひとつ、目を閉じたままお互いの口に入れたよね。笹ちゃん、ぜったい当てるから、ゲームにならなくて。いつもわたしのおやつが少なくなるんだから」

そう考えると、サンドイッチの中身を当てるのは、姉弟での遊びだったかもしれない。ニット帽さんの話では、おじいさんは姉と一緒だったようだから。

永咲屋を出て、わたしたち三人は、たぶんそれぞれにいろんなことを考えていただろう。


「うーん、赤茶色なら、ピーナッツバター、とか？」

最初にわたしが口を開いた。

「そういえばピーナッツって、ふだんは煎《い》ってそのまま食べるから、知ってる味なのに見た目が違うってのはあるかもしれないね」

笹ちゃんが受けてくれたが。

「でもあれは、ジャムっぽくないですよね」

川端さんが言うように、とろみと光沢のあるジャムの感じではない。

「……やっぱり無理があるかな。それに、彼女のニット帽は、ピーナッツバターみたいなのっぺりした一色じゃないし」

結局自分で却下する。

「あー、焼きリンゴをのせた、ピーナッツバター蜂蜜《はちみつ》トーストが食べたくなってきた！」

笹ちゃんが言うと、わたしの頭の中もリンゴとピーナッツバターの香りで満たされる。ちょっと酸味があって、食欲をそそるのだ。

「なんですかそれ、めっちゃおいしそうやけど」

川端さんも頬を緩める。

空はもう暗くなってきているが、西の空はまだ赤みがかった光が広がっている。ビルの合間に見える夕陽は、赤く熟れた果実のようだ。もしもジャムにして煮込んだら、飴色《あめいろ》に、もっと赤茶に、夕陽を凝縮した色になるかもしれない。

「お日さまのジャム、かも」

つい口にしてしまったつぶやきが、川端さんに聞こえたようだ。

「どんな味がするんかな、お日さまって」

笑われなかったことが、ちょっとうれしい。

「夕陽だったら、明日《あした》も輝けるような力をくれる味です」

「だから、あんなに赤くておいしそうなんや」

駅へ続く商店街はにぎやかで、人通りも多い。そんな中、笹ちゃんの携帯が鳴る。

「あ、ちょっとごめん、先に行っててください」

わたしは川端さんとまた歩き出すが、笹ちゃんの電話の相手が誰なのか、気になってしまってチラチラと振り返った。

「笹ちゃんのこと、心配？　ほら蕗ちゃん、この前雑誌に載ってたシェフのこと、気にしてたから」

わたしってば、どうしようもなくわかりやすいみたいだ。

ちゃうんです」

「姉なのに、心配だなんて変ですよね。笹ちゃんはのんびりしてるようだけど、ちゃんとじっくり考えてるのに、わたしはせっかちで、すぐになんとかしなきゃと思っちゃうんです」

だから、笹ちゃんがもし、今も元彼のことが好きだったら、と考えてしまう。『ピクニック・バスケット』を続けることが、笹ちゃんにとっての喜びではなくなってしまう。

「それに、小野寺さんは……、知ってるのかなとか」

「ああ……、どうかな。知ってたら、気が気じゃないだろうけど、小野寺さんはわりと一歩引いてるよね。ただでさえ笹ちゃんは人気者やのに」

「笹ちゃんは、たぶん小野寺さんの態度を本気にしてないし、人気があることにも無自覚なんです」

元彼のことも、彼にその気はないみたいだなんて、笹ちゃんが言うだけだからわからない。

「笹ちゃん目当てのお客さんは、わたしの手が空いてても笹ちゃんに声をかけるのに、気づかないんですよ。鈍感でしょう？」

「蕗ちゃんも、ファンがいるのに気づいてないんじゃない？」

「えっ、そんな人いないですよ」

「じゃあ僕は、まず蕗ちゃんに声をかけようかな」

あまりにもさらりと言うから、重く受け止めてしまわないようにわたしは必死になった。

「川端さん、いつもわたしが手前にいるから、そうしてくれるじゃないですか」

ちょうど、笹ちゃんが駆け寄ってくるのが見えてほっとする。と同時に、どっと汗が出てきた。

威勢のいいふりをしていても、苦手な人の前では笹ちゃんの陰に隠れてしまっていた子供の頃みたいに、つい笹ちゃんにくっついて、川端さんから距離をとる。

川端さんのことは苦手なわけじゃない。でも、もしも誰かを好きになったら、また重いと言われてしまうかもしれないから。

＊

「もしもし、おじいちゃん?」

淀川《よどがわ》の堤防を歩きながら、携帯を握りしめている美久《みく》の、帽子からはみ出した髪を風が撫《な》でていく。空はまだうっすらと青白いが、川は暗く、街の明かりが目立ち始めている。

「あたし、大阪へ来てるんだ。おじいちゃんが食べたっていう、サンドイッチをさがしにさ。あ、旅費とお小遣いありがとね。おじいちゃん、お土産何がいい？」

ひとりで知らない場所を訪れるのは、八須《はちす》美久にとって初めてのことだ。大学受験に失敗して、地元の会社に勤めたが、続かずにやめて、今はバイトをしている。家の中では、出来の悪い娘と小言を言われてばかりで居心地が悪いが、出て行くお金も度胸もない。昔から美久は、要領が悪いし、辛抱も努力も苦手で、落ちこぼれてしまうばかりだった。

似たような境遇の、地元の仲間とばかりつるんでいると、このままでもいいかと思えてきて抜け出せない。一方で、このままではだめだということも、本当はわかっている。

祖父の代わりに大阪へ来ることにしたのは、そんな葛藤《かっとう》があったからかもしれない。これで何かが変わるわけではないが、ひとつくらい祖父との約束を守ってもいいのではないか。

就職したら返すから、と言って借りたお金も返してないし、運転免許を取って温泉に連れて行ってあげるとの約束も実現していない。

それでも祖父は、美久をとがめない。昔からかわいがってくれていて、無理もきいてくれる。だからつい、あまえてしまうのだけれど。

って言ってた」

「サンドイッチの具がわかればいい？　お土産はいらないの？　でもさ、サンドイッチをくれたっていうパン屋さん、見つけるのは無理かもしんない。おじいちゃんが小さかった頃のことだもん、古いっていうパン屋さんに行ったけど、戦後にできた店だって言ってた」

美久はため息をつく。

「変わったジャムが大阪の定番ってわけでもなさそうだしなあ。とりあえず、もうちょっとジャムサンドさがしてみるね。あたしも、食べてみたいから」

美久が祖父から、大阪で食べたサンドイッチの話を聞いたのは、高校生の頃だった。親が言うところの悪い友達の影響で、ほとんど勉強もせず、学校をサボりがちになっていた頃、家の中で美久の味方になってくれたのは祖父だけだった。祖父はかつて教師だったが、おおらかで、けっして美久を頭から否定することはなかったから、美久がホームセンターでバイトを始めたことを喜んでくれた。ガーデニングのコーナーで、植物の育て方を学びながら、寄せ植えをつくるのが楽しくて、いつか庭を造るような仕事ができたらなと話しても、祖父だけはきっとできると言ってくれた。

けれど、ガーデニングの仕事なんて認めてくれなかった親は、進学できないとなると、就職先を見つけてきて美久を放り込んだ。続かずに、美久は道を見失っている。もし、本気でガーデニングを学ぼうとしても、これまで何をやってもダメだった自分は、また失敗するのではないか。そう思うと勇気が出ないままだ。

祖父はあのとき、美久のニット帽の色が、サンドイッチにはさんであったジャムに似ていると言った。だからこの帽子は、少しくたびれているけれど捨てられない。

目を閉じて食べて、サンドイッチの中身を当てるといいことがあるなんて、小さい子がおもしろがるような遊びに過ぎないけれど、何十年も経っているのに祖父は、あのときのジャムを知りたいという。とびきり甘くておいしかったのに、当てられなかった。姉を思い、泣きながらむさぼるように食べた。そんな記憶がかすかに残っているという。

でもその記憶が、現実なのかどうかわからない。サンドイッチを食べたのも、あの味も、真夜中の電車も、本当にあったことなのかはっきりしないから、大阪へ行って確かめたいというのが祖父の願いだ。

足が悪くて遠出は難しい祖父の代わりに、調べてきてあげると美久が言ったのはもう数年前のこと。実行できていない約束に、ようやく腰を上げたところだ。

だからといって、どうやって調べればいいのか、何の計画もない。

さっさとあきらめて、自堕落な生活に戻ったって、これ以上あきれられることもないだろう。両親は美久の姉に期待しているし、姉もそれに応《こた》えている。美久のことなんて、誰も期待していない。

「あたしは、お姉ちゃんみたいに出来がよくないから。いてもいなくても同じだよ。姉妹ってさ、家の中のものを取り合うしかないじゃん？」

祖父に言ったことがある。そのとき祖父は、どうしようもなく悲しげだった。

一人っ子なら全部もらえるのに、美久がいたから姉はもらい損ねた。美久の分をほとんど持って行った姉だからこそなおさら、美久がいて損をしたと思っているに違いない。お姉ちゃんがいて損をしたと、美久が思っているのだから、姉だって思っている。

祖父の姉は、病気で亡くなったらしい。そのときのことを祖父はおぼえていなくて、姉にまつわる記憶は、ジャムサンドを食べたあのときが最後だという。ただ、誰よりも姉を慕っていたことだけはおぼえているのだから、美久の言葉には同意できなかっただろう。

ジャムサンドを思い出すと、祖父は歳の離れた姉の声や、縄跳びやけん玉をして遊んだことも思い出すのだそうだ。しかしもし、ジャムサンドのことが現実でないなら、記憶の中の姉も存在しないのではないかと悲しくなるという。人づてに聞く姉は、体が弱くてほとんど寝たきりだったらしく、自宅で息を引き取った。祖父は、本当に姉と遊んだりはぐれたりしたことがあるのか、自分の体験が現実なのかも、疑問に思うしかない。もしかしたら、病床の姉と遊びたくて、想像していただけではないのかとも思うらしい。

想像でサンドイッチを食べ、中身を当てようとしながら願った、祖父にとって起こってほしい〝いいこと〟は、はぐれたと思っていた姉の無事だったというのだから奇妙な話だ。

そう思うのは、美久には兄弟に対する祖父の気持ちが理解できないからなのか。

あの姉妹はどうなんだろう。

公園にあったサンドイッチ屋のふたりが姉妹だと、イケメンの店長がいるパン屋で耳にした。姉妹で店を切り盛りしているのだから、きっと仲がいいのだろう。彼女たちなら、祖父の気持ちがわかるのだろうか。

＊

夕方になると、大きなオフィスビルから吐き出された人たちが、界隈《かいわい》のこぢんまりしたレストランやバーに流れ込む。狭い歩道に、仕事から解放された人が談笑しながら歩く中、わたしは『ピクニック・バスケット』へ戻ろうと急ぐ。

角を曲がれば建物が見えるというところまで来たとき、ちょうどその角に見慣れた人影があるのに気づき、わたしは近づいていった。

「小野寺さん、何してるんですか？」

彼は慌てたように人差し指を立てる。そのまま視線を向けた道の向こう側には、笹ちゃんが立っていた。もうひとり、誰かがそばにいて立ち話をしている。相手は男の人だ。ケンタくん似の、笹ちゃんの元彼だ。たしか、津田尚志さんという名前だった。雑誌で見た写真を思い出すと、わたしはそばにあった電柱に身を隠すようにしてのぞき込んだ。

小野寺さんもそうして様子をうかがっていたのだ。

「立ち聞きしてたんですか？」

声をひそめて言うと、小野寺さんは苦笑いする。

「あの人、笹ちゃんの彼氏やろ？」

「元彼、だと思いますけど」

「同じようなもんや」

「どうしてわかったんですか？」

雰囲気、と小野寺さんは言う。笹ちゃんのにこやかな表情や、立ち話の距離感や、そういうものだろうか。しかし笹ちゃんは普段から、分け隔てなく親しげに接するし、今も、べつにイチャイチャしてるわけではない。

「本気だよ、おれ」

そんな言葉が聞こえ、はっとしてわたしは息をひそめた。小野寺さんにも聞こえただろう。

「笹ちゃんと、レストランをやりたいんだ」

「わたしは……」

笹ちゃんの続く言葉はよく聞こえない。

「店の場所も決めた。きっと気に入るよ。いちど、見に行かないか？　景色のいい場所なんだ」

笹ちゃんはうつむき、何か言ったのだろうけれど、それもわたしには聞こえなかった。

小野寺さんが急にくるりと向きを変え、『ピクニック・バスケット』から遠ざかるように歩き出す。わたしはとっさに追いかける。

「小野寺さん、このままでいいんですか？」

「誰とどんな仕事をするかは、笹ちゃんの自由や」

「今の、告白みたいなものじゃないですか」

「そんなら、笹ちゃんにとって幸せなことやろ」

「告白もせずにあきらめるんですか？」

「告白かあ。笹ちゃんには好きな人がおるってわかってんのに、余計なこと言うたら困らせるだけや」

「えっ、好きな人がいるって、笹ちゃんが言ってたんですか？」

「笹ちゃんと僕の共通の知り合いがいっしょにおったとき、そんな話になって、ちらっと聞いた」

「その、好きな人って……」

「あの人やろ。海外へ行ってて、何の約束もないけど待ってるねんて」

やっぱり、笹ちゃんは今でもあの元彼が好きなのだ。だったら、今のプロポーズみたいな誘いを断る理由はない。新しいレストランを始めるなら、『ピクニック・バスケット』は……、やめてしまうのだろうか。

急に足取りが重くなって、立ち止まったわたしのほうに、小野寺さんも足を止めて振り返った。

「僕はただの常連や、毎日会いに来ても、サンドイッチ買って軽口たたいてるだけなら、笹ちゃんも困らへんし、彼氏が戻ってきたらええなあって僕も願える」

「でも、待ってください。何の約束もなしに笹ちゃんを待たせるような人に、任せていいんですか？　外国へ行くからって別れて自由にしてたのに、笹ちゃんが一途《いちず》だってことわかってるから、帰国したらまた自分のものにしようとするなんて。わたしは、本当にちゃんと笹ちゃんを大事にできる人がいいです。小野寺さんは、違うんですか？　自分の都合で笹ちゃんを傷つけたりしませんよね？」

「蕗ちゃん、僕を買いかぶりすぎやで」

「最初はうさんくさくて調子がよくて、ちょっと苦手だったけど」

「えらい言われようや」

「でもわかってきたんです。なんていうか、偏見がなくて懐の深い人だなって」

小野寺さんは、少し困ったように笑う。

「ありがとう。けど蕗ちゃんは、あの人のことをまだ知らんからそう思うんや。僕よりずっとええやつかもしれへんで」

それでもわたしは、小野寺さんにもう少し頑張ってほしいと思ってしまう。自分勝手だけれど、小野寺さんが笹ちゃんを好きでいる限り、今の日常が続くと信じられるから。

「小野寺さん、謎のジャムサンドの正体を見つけてください。そしたらきっと、小野寺さんの株が上がりますから。あきらめないでください」

「ジャムサンドって、何の話？」

当然のこと、小野寺さんには唐突で意味がわからなかっただろう。

「昭和初期くらいに、この辺りのパン屋さんで食べたジャムサンドが、何のジャムだったか知りたいって人がいたんです」

「そんな昔のパン屋、もうないやろ。市内は広範囲が空襲で焼けたっていうし」

「空襲……ですか。そっか、ですよね」

「誰かの、とくべつな食べ物やったんやろな。そういうの知りたいって、笹ちゃんらしいわ」

小野寺さんはやさしい顔をする。笹ちゃんを想う小野寺さんが、わたしにはかっこよく見える。笹ちゃんは、そんなふうには思わないのだろうか。

「蕗ちゃん、僕はあきらめるとか、そういうふうに考えたことはないんや。誰かを好きやてだけやのに、なんであきらめなあかんのや？　好きなままでええやん」

「同じように好きになってほしいって、思わないんですか？」

「同じように、か。それは難しいな。付き合っても結婚しても、同じになることはないんちゃうかな」

付き合っていても同じじゃない。わたしはいつも、相手よりずっと余計に好きを求めてしまう。

「立ち聞きしたのは、笹ちゃんに内緒にしてや」

小野寺さんはそう言うと、また歩き出す。わたしは立ち止まったまま、その背中を見送った。

いつも、フラれたり脈なしだったりしたら、わたしはあきらめようとする。好きなままでいることなんてできないと、遠ざけて忘れようとする。待ち続ける笹ちゃんも、小野寺さんも、わたしとはまるで違う恋をしている。そんなふうに人を好きになれたら、たとえ失恋しても、いつかその気持ちが自然となつかしい過去になって、新しい人を素直に好きになることもできるのだろうか。

店へ戻るにも、立ち聞きしてしまった手前すぐには戻りにくく、わたしは公園へ向かう。『ピクニック・バスケット』の近くで様子をうかがうと、笹ちゃんがひとりで店へ入っていくのが見えた。

津田さんとは、立ち話だけだったようだ。ほっとしたが、もう少し時間を空けようと思い、小道のベンチに腰を下ろした。

「ねえ、あなた妹のほう？　それとも姉？」

急に声をかけられ、顔を上げると、ニット帽さんが立っていた。

「姉妹なんでしょ？　そこのサンドイッチ屋さんの人ですよね？」

わたしは急いで頷く。

「妹ですけど」

「仲、いいですよね。いっしょに働けるなんて」

サンドイッチのことではなく、なぜそんなことを訊くのだろう。

「あたしも姉がいるけど、仲悪いんですよね。お姉ちゃんは、あたしのことバカにしてるし、子供の頃から毎日一緒にいて、お互い悪いところが丸見えなのに、なんで仲良くできるの？」

　欠点を知っているからこそ、気を許せる間柄でもあるのではないだろうか。

「いいところも、よくわかるじゃないですか」

「いいところなんてないですよ。姉は高飛車で、自分勝手。ケンカやいたずらは、いつもあたしのせいにされたし、おやつは早い者勝ちとかって取り上げられたし、ほんと最悪な女ですよ」

　そういう姉妹もいるのはわかるけれど、おやつやオモチャを取り合っても、ケンカをしても、いつも笹ちゃんと一緒にいたかったわたしには実感できない。

「おじいちゃんは、あたしたちを比べなかった。あたしにやさしかったのはおじいちゃんだけ。どんなわがまま言っても、話だけは聞いてくれたし、意味もなくイライラするときも、おおらかに受け止めてくれたから、わたしは救われてた」

　電話のことが頭に浮かぶ。あれは、やっぱり本当の祖父との電話だったのだろうか。

「あー、知らない人に何言ってんだろ。子供っぽいと思うでしょ？　こんなだから、姉にバカにされるんですよね」

　淋《さび》しそうに見えた。エキセントリックなイメージで見ていたけれど、大人になりきれていないだけの、不器用な女の子なのかもしれない。

「でも今は、おじいさんの代わりにジャムサンドのことを調べに来たんですよね」

「……約束だから」

不意に口をつぐんだ彼女が、そのまま立ち去ってしまいそうに思え、わたしは会話を続けようとする。たぶんわたしは、サンドイッチの中身よりも彼女自身に、姉妹だということに興味がわいてしまったのだ。

「何かわかりました？　笹ちゃん、あ、わたしの姉で料理人ですけど、サンドイッチのことになると興味津々で、いったいどんなジャムサンドなのかすごく知りたがってるんです」

「それが、結局何もわからないんです。『かわばたパン』？　へ行って、古いパン屋さんを教えてもらったけど、空襲で焼けたらしいですから」

「市内はけっこう、空襲で焼けたらしいですから」

さっき、小野寺さんが言っていた。

「空襲？　だったら、その前に来たのかな。地下鉄の心斎橋って駅の名前はおぼえてるっていうから、そう遠くない場所なのは間違いないと思いますけど」

「そこから電車に乗ったんですよね。ずっと郊外へ行ったのかも」

当時の地下鉄が、どこまでつながっていたのかわたしは知らないままに言う。

「電車も、サンドイッチも、やっぱり幻なのかな」

ジャムサンドを記憶しているのは、それがおいしくて、うれしかったからだろうか。だとしても、たぶんそれだけじゃない、食べながら、中身を当てようとしながら、何かを願ったからではないか。

「もしあたしが、何のジャムか当てられたら、あたしにとっていいことがあるはずだって、おじいちゃんは言ってました。だからもう少し、パン屋さんとジャムのこと調べてみます」

彼女には、どんな願いがあるのだろう。

＊

「蕗ちゃん、これからご飯食べに行かない？」

珍しく笹ちゃんがそう言ったとき、わたしも珍しく察していた。あの人も来るのではないか。津田さんと引き合わせようというのに違いない。

店を閉めて、梅田のお好み焼き屋へ入っていくと、予想どおり津田さんがいてわたしたちに手を振った。

「あ、きみが蕗ちゃん？　はじめまして。津田尚志です」

大きな手を差し出される。顔立ちはくっきりしていて、肩幅も広く、とにかく大きな人だという印象だ。

「昔から、蕗ちゃんのことはよく聞いてるよ。イメージ通りだね」

垂れ目がちなので、やさしそうに見える。「はじめまして」と挨拶すると、彼は垂れ目を細くして微笑んだ。わたしがまだ緊張していると、津田さんは、笹ちゃんが仕事の後輩だったことや、友達なんだと自己紹介した。元彼だとは言わなかったし、笹ちゃんとまた付き合い始めたわけではなさそうだから、笹ちゃんは、あのときすぐに返事はしなかったのだろうか。

運ばれてきたお好み焼きは、彼が率先して焼き始めた。繊細なフランス料理のシェフなのに、お好み焼きをひっくり返す手つきが完璧《かんぺき》で、そちらのプロだと言われても疑わないだろう。きっと、器用な人なのだ。

「おれ子供の頃、お好み焼き屋になりたかったんだ」

「ほんとですか？　それがどうしてフレンチに？」

「お好み焼きって、好きなものを入れて焼いていいわけだろ？　本当に何を入れてもいいのか、合わないものはないのか、合わなかったらどうすれば合うのか、いろいろ試してるうちに、料理そのものに興味が出てきてね」

聞きながらも、わたしは少し上の空だ。どうして笹ちゃんは、津田さんとの食事にわたしを連れてきたのだろう。いきなり結婚するとか言われたらどうしよう。

「そのうちコンフィチュールに凝り出して、で、本格的にフレンチに」

「コンフィチュールって、フルーツのソースを瓶詰めにしたあれですか？」

「フルーツだけじゃなくて、ほかにも広い食材でできるよ。料理に使うこともできて、味や香りが広がるんだ」

フルーツを肉料理のソースに使うとか、聞いているだけでもおいしそうだ。きっと津田さんのレストランは夢のようだろう。

「それでね蕗ちゃん、津田さんなら珍しいジャムも知ってるんじゃないかと思って」

そうか、ジャムサンドか。まさかそこに話がつながるとは。わたしは呆気《あっけ》にとられていたが、笹ちゃんは真剣に、オレンジと赤茶色が混ざったジャムが何だったのか、津田さんと話し合う。

「昔のことだから、そんなに特殊な果物じゃなさそうだけどなあ」

「果物じゃないとしても、ペースト状で瓶とか陶器の入れ物に保存できるような食品？」

「赤茶色っぽいとすると、味噌餡《みそあん》とか甘納豆みたいな豆系か、あと栗は？　和菓子にも使うし」

「甘くておいしそうですけど、オレンジ色の部分はないような」

わたしのようなド素人の意見にも、津田さんは真剣な顔で頷いた。

「オレンジ色っぽくて甘い、ね。安納芋《あんのう》？」

「オレンジっぽいところと赤茶っぽいところが混ざってるんでしょう？　でも素材はひとつのジャム？　そこが不思議よね」

「皮の部分が混ざってるとか、調理法が違ってると、そんなふうになるかもしれないな。ほら、モンブランはマロングラッセを使うと茶色になって、黄色のは甘露煮でつくるけど、同じ栗だし」

なるほど、素材が同じでもそういう違いがあるのか。わたしは感心しながら聞いている。

「もう少しヒントがあればなあ。ニット帽さん、また来てくれればいいのに」

笹ちゃんが言ったとき、ようやくわたしは今日の出来事を思い出した。

「来た、ニット帽の人。公園で会ったの」

「本当？　何か言ってたの？」

「それが……、わたしたちが姉妹だってことが、気になったみたい。彼女はお姉さんと仲がよくないから、不思議なんだって」

「じゃあ、サンドイッチとは関係なく現れたのか」

津田さんが言うが、笹ちゃんは、はっとしたように手を打った。

「ううん、関係あるかもしれない。今日、妙な電話があったの。バナナブルーベリーサンドを売ってるサンドイッチ屋かって訊かれて、ＳＮＳにうちのサンドイッチの画像があったっていうの」

笹ちゃんが見せてくれたスマホの画面には、確かにうちのバナナブルーベリーサンドが写っていた。あのまだらな色のニット帽もちらりと写っているし、日付と時間からしても、彼女が公園を背景に撮ったように思える。

「電話の人は女性の声だった。バナナブルーベリーサンドより、写真の撮影者のことを知りたかったみたい」

「お姉さん？　それとも……、とにかくニット帽さんのことを知ってる誰かが電話してきたってこと？」

「彼女が大阪に来てることを、確かめたかったのかな。それと、中崎町《なかざきちょう》の風洋堂《ふうようどう》っていう店のこと訊かれたんだ。今もあるのかって」

「それ、何のお店なの？」

「和菓子だって」

「ジャムサンドをくれたっていうのは、パン屋だよな？」

津田さんが問う。

「和菓子屋さんにジャムサンドはなさそうよね」

笹ちゃんも首を傾げる。わたしは、ぼんやりと思い浮かんだことを口にした。

「中崎って、ナガサキに似てる」

というのも、わたしもこちらへ来た当時は、耳で聞く地名と漢字とが一致せずに苦労したからだ。地名の読みを知っているつもりでも、イントネーションが違うと聞いたことのない場所に思える。キタとミナミだって、地域と方角ではアクセントが違うのだ。

ニット帽さんは、耳にした知らない地名を、知っている場所に重ねて記憶したので

はないだろうか。

「たしかに……、あの辺りは古い民家が残ってるし、戦前からのお店もあるかもしれ

ないね。電話の人がお姉さんなら、おじいさんから聞いて、ニット帽さんに伝えたか

ったのかも」

そうだったなら、お姉さんのほうは妹を気にかけていることになる。

「で、風洋堂って今もあるのか?」

「小野寺さんなら何かわかるかも。あちこちに知り合いがいるし、中崎町にもいるん

じゃないかな」

ついわたしは、小野寺さんのことを話題にしてしまったが、笹ちゃんは気にしなか

ったようだ。

「じゃあ、明日訊いてみようか」

「小野寺さんって？」

津田さんが問う。

「常連さんなの」

さらりとそれだけ言う笹ちゃんにとって、小野寺さんはどういう存在なのだろう。

津田さんは、気になったのかならなかったのか、どうだったのだろう。

「何のジャムかなあ。昔ながらの食材が、意外と新鮮だったりするし、知りたいなあ」

そんな笹ちゃんを見て、津田さんはやさしい目をする。わたしはちょっとうらやましくなる。

それから津田さんは、三人ぶんのお好み焼きをきれいに焼いてくれた。焼き加減も、生地のふんわり具合とキャベツのシャキシャキ感もほどよくて、めちゃくちゃおいしかった。

笹ちゃんを待たせるなんて、ひどい人だと思ったが、そんな印象は消し飛んだ。本当に、ただ目の前の仕事を精一杯やって来たんだと思えたし、笹ちゃんもたぶん、それがわかっていたから、いったんは別れてもずっと待っていられたのだろう。

だったらわたしは、ここへ来てよかったのかな。急に、迷子になった子供みたいに心許《こころもと》なくなった。『ピクニック・バスケット』をいっしょに支えていこうと思っていたのはわたしだけで、バイト感覚で手伝いながら新しい仕事や目的を探すための期間を、笹ちゃんは与えてくれただけだったのだろうか。

お好み焼き屋を出て、わたしは笹ちゃんたちと別れた。じゃまをしちゃいけないと思ったのもある。けれどわたしには、男女の空気みたいなものはまだよくわからなくて、子供の頃、笹ちゃんはいつでも妹を連れて遊びに行けるわけではないとお母さんにたしなめられたことを思い出しながら、ひとり地下鉄の駅に向かった。

お姉さんだから、年上だから、笹ちゃんはわたしよりたくさんのことを知っている。わたしがまだ、繁華街でのショッピングや映画館に、友達とだけで行くことはできなかった頃、笹ちゃんはわたしを残して出かけていった。うらやましかったり、悔しかったり、淋しかったりした。

いつまでたっても、笹ちゃんはお姉さんだ。わたしはまだ、相手のことをちゃんと思いやれるような恋をしていなくて、自分がしたいようにして、相手にもそうしてほしくて、お互い傷つくばかりだった。

もう少し時間が経てば、わたしは今より大人になれるのだろうか。時間だけの問題じゃないのだろうか。

気がつけば、地下鉄を乗り換えて、慣れた道を歩いていた。『ピクニック・バスケット』が近い。小野寺さんの事務所も近い。もしかしたらわたしは、小野寺さんに会いたいのかもしれない。笹ちゃんに片想いをしている同士みたいな連帯感を、勝手に抱いているからか。

　けれど小野寺さんの事務所は、明かりがついていなかった。それもそうだと思いながら回れ右をする。そのとき向こう側から歩いてきたのは川端さんだった。

「あれ？　蕗ちゃん、今帰り？」

「あ……はい」

　小野寺さんの事務所の前だ。訪ねてきたのはバレバレではないか。逃げ出したくなるが、それじゃあますます怪しい人だ。

「ちょっと、小野寺さんに訊きたいことがあって。例のジャムサンドなんですが、中崎町の風洋堂って和菓子屋さんと関係があるかもしれないんです。小野寺さん、顔が広いから」

　明日訊いてみるつもりだったのに、後付けの理由を口にする。

「中崎町？」

「ええ、ほら、ナガサキって言ってたでしょう？　中崎のおぼえ違いかもしれないと」

「ああ、あり得るかも。中崎町なら、そこのバーのマスター、前に中崎町に住んでたらしいですよ。時間あるならいっしょに行きません？　僕、ちょっと寄って帰ろうと思ってたところなんで」

気軽に誘ってくれているんだから、気軽に行けばいい。そう思うものの、気分が落ち込んでいる今は、失態を犯しそうな気がする。

「そんな。川端さん、仕事終わりの憩いの時間じゃないですか。わたしなんかがいたら、おしゃべりだし、うるさいだけですよー」

「蕗ちゃんを見てると、いつも元気が出るけど」

「いやいや、そんなわけないです。それにわたし、今は変に愚痴っちゃいそうで、リフレッシュには不向きかと」

何を言っているんだろうと思うけれど、気が引けてしまう。

「笹ちゃんの元彼のこと、気にしてる？　レストランに誘われてるんじゃないかなんて、単なる西野さんの憶測やし」

思いきり見抜かれている。わたしの喜怒哀楽は、よっぽどわかりやすいらしい。

「それが、憶測じゃなさそうなんです」

それには川端さんも驚いたようだった。彼だって、笹ちゃんのサンドイッチ店がなくなるのは不本意だろう。

「だからわたし……、あ、ごめんなさい。まだ笹ちゃんは決めたわけじゃないと思うし、わたしが勝手に心配してるだけですから」

ぺこりとお辞儀をして行こうとしたけれど、川端さんは隙を与えてくれずに言う。

「僕じゃ役に立てないかな」

動揺して、すっかりわたしは、無難に立ち去るタイミングを失った。

「小野寺さんみたいに、含蓄のあることは言えないけど、話を聞くくらいなら」

ああ、バレバレだ。小野寺さんに頼ろうとしたことも。

「川端さんは……、どうしてそんなふうに、やさしいこと言うんですか？　わたしは、そういうの苦手なんです。あの、なんていうか、勘違いしてしまいそうで……。だから、ごめんなさい。今日は帰ります」

つい言ってしまってから、激しい自己嫌悪に襲われた。川端さんがどんな顔をしているのか見る勇気なんかあるわけもなく、うつむいたまま逃げ出していた。


ああ、わたしはバカだ。自爆ってこういうことを言うのだろう。川端さんは、仕事仲間だから親しみを持って接してくれているだけなのに、わたしはそんなつもりじゃないんです！　みたいなことを声高に言ってしまうなんて、まるでコントだ。

激しく落ち込んでしまって、眠れなかったから、腫《は》れぼったい目で店先に立っている。笑顔も今ひとつ調子が出ない。そろそろ川端さんが来る時間だ。

「笹ちゃん、コゲのキャットフード少なくなってるから、買ってこようかな」

キッチンから出てきた笹ちゃんは、不思議そうに首を傾げた。

「それ、昨日蕗ちゃんが買ってきたばかりじゃない」

そうだった。

「あ、缶詰のほう」

「んー、まだいいんじゃない？　それより蕗ちゃん、このメニューボード文字が間違ってない？」

「あっ」

集中力が欠けるとろくなことはない。わたしは急いでボードを書き直す。結局、この場から逃げられないうちに、店の前に自転車が止まる気配がした。

「こんにちはー」

やって来たのは、川端さんではなく西野さんだった。思えばたまに、西野さんがパンを持ってきてくれることもある。けれどわたしは、ほっとしたのか、がっかりしたのかわからずに、挙動不審になってしまった。

「あっ、ど、どうも～」

西野さんはちょっと怪訝《けげん》そうな顔になった。

「あれ、清水さん、エプロン裏返しじゃないですか？」

「わっ、ほんとだ」

あわててかけ直す。朝のお客さんたちも気づいていたかもしれないと思うと恥ずかしいが、笹ちゃんも気づいてくれなかったのだ。もしかしたら、笹ちゃんも悩んでいるのだろうか。津田さんとの再会はうれしいだろうけれど、わたしのことを考えて迷っている……とか？　だったら、わたしはもっとしっかりしなければいけないのに、何をふらついているのだろう。

「清水さん、店長からメモをあずかってきました」

え、なんだろう。わたしは一気に顔が熱くなるが、西野さんがぺらりと差し出したメモには、簡単な地図のみが描いてあった。赤い丸印のところに、『風洋堂』とある。そうか、昨日川端さんは、バーのマスターに聞いてくれたのだ。そうして、かつて風洋堂のあった場所を教えてくれた。

わたしのひどい態度にもかかわらず、やっぱりやさしく接してくれる川端さんに、本当に申し訳なくなる。

「清水さん、店長のことどう思います？」

突然、西野さんはそんなことを言った。

「え、どうって……、どうしてですか？」

あせりながらも問う。

「いえ、そのメモ、店長はたぶん直接伝えたいだろうに、わたしにあずけるなんて何かあったのかなって。清水さんと店長は、わりと気が合うのかと思ってたから」

「気が合うだなんて。わたしが単におしゃべり好きで、川端さんはそれに付き合ってくれてただけだと……」

「でも、店長は面食いじゃないですよ」

それはどういう意味か。そもそも、よろこんでいいのかどうかわからない。

「お姉さんが二人いるじゃないですか。会ったことあります？　すごい美人なんですよね。だからきれいな顔なんて見飽きてるんです」

そうなんだ。いや、見飽きたかどうか知らないけれど、川端さんのお姉さんたちがすごい美人だというのには納得してしまう。

「……西野さんも、面食いではないんですか？」

美人だから、イケメンに興味がないとは限らないが、彼女の理屈がいまいち理解できなくて、おそるおそる訊いてみた。

「うーん、単に男性が苦手なんです。だってわたし、せっかちだしやさしくないし、口はきついし、いつも不機嫌そうでしょ？　それで美人だからツンケンしてるとか、よく見ればたいしたことないのに気取ってるとか、どっちにしろ性格と外見は関係ないのにそう言われちゃうから苦手」

頷くわけにもいかないから、わたしはただ聞いている。

「店長もわりと、慎重に人を見てると思うんですよね。わたしと違って人当たりはいいけど、誰とでも仲良くなるわけじゃないって、なんとなくわかるんです。だから、決めつけてこない人は一緒にいても心地いいんです。小野寺さんとか」

「ああ、そうですね。わかります」

「清水さんもです。なんだか話しやすいんです。店長もきっとそう思ってます。避けないであげてください」

「そんな……、避けてなんかないです」

「ならいいんですけど」

川端さんがやさしいと、どうしていいかわからなくなるのに。また落ち込みかけたけれど、西野さんに話しやすいと思われているらしいことで、不思議と救われていた。意外だけれど、うれしく思えたのだ。

女性同士なら素直に受け取れるのに、どうして川端さんにあんなことを言ってしまったんだろう。キッチンから出てきた笹ちゃんが、西野さんに挨拶するのを眺めながら考え込んでしまう。

「それじゃ、清水さんと清水さんのお姉さん、わたしはこれで」

西野さんは帰ろうとする。思いついて、声をかける。

「わたしのことは、蕗子でいいですよ。ほら、清水はふたりいるから、面倒でしょう？　そうだ、西野さんの名前ってなんて言うんです？」

西野さんは、驚いたような顔をし、それから小声で「麻紀《まき》」と言った。ちょっと気恥ずかしそうなのが意外で、かわいかった。

＊

本当に行き当たりばったりなんだから。姉の美弥《みや》が電話口でそう言った。姉から何度か携帯に着信はあったが、美久は無視していた。姉から電話なんて、これまでほとんどなかったし、行き先を告げずに出かけたっていいではないか。現に両親は何も言ってこない。

けれど、メールで送られてきた写真をつい見てしまって、結局折り返しの電話をせずにはいられなかった。

「お姉ちゃん、あの写真、何なの？」

「だから、調査っていうのは下調べが重要なの。おじいちゃんのこと知りたいなら、せめてお父さんに話を聞くべきだよ」

美久は両親ともあまり口をきかない。どうせ、仕事もちゃんとしていないことを愚痴られたり、嘆かれたりするだけだからだ。

「そんなことより、このハガキは何なのよ」

写真は、ハガキを写したものだった。表と裏が写されていて、表を見れば、祖父が大阪の『和菓子の風洋堂』へ宛てた手紙だとわかる。宛先不明のハンコが押されていて、祖父の元へ戻されたようだ。

「前にわたし、おじいちゃんからあずかったの。美久から相談があったら渡してくれって。だけど、これだけじゃさっぱり何のことかわからないし、お父さんが少しだけ知ってたから、美久は大阪へ行ったんだろうって思ったわけ。おじいちゃんが知りたかったこと、調べに行ったんでしょ？」

ハガキの細かい字を目で追うと、幼い頃にパン屋の主人に助けられた、ということが書いてある。宛先はパン屋じゃないじゃん、と美久は首を傾げつつも読む。祖父自身は幼かったこともあり、それ以外は何もおぼえていないが、〝もし知っている人がご存命なら教えてほしい〟、とあった。

「おじいちゃん、可能性がありそうなパン屋さんや和菓子屋さんにこんなハガキを送ってたって、お父さんが。たぶん返事があったところはハズレばかりで、宛先不明だったここに絞られたんじゃないかな」

〝その日はおそらく、大阪で最初の大空襲があった日ではないか〟、とあるのは祖父の記憶なのか、調べた結果なのか。そうして祖父は、手紙の相手に問いかけている。

〝あのときの私や、はぐれた姉のことを、何でもいいから知りたいのです〟

「お姉さんは、病死したんじゃなかったの？」

「それは養子に入った家のお姉さんだと思う」

「養子？　おじいちゃんが？」

「うん、おじいちゃんは大阪の空襲で、本当のお姉さんとはぐれて、たぶん、お姉さんは亡くなったんでしょうね。親も一緒にいたのかどうかはもうわからない。ひとりで生き残って、そのあと養子になって、養父母を本当の両親だと思って育ったらしいの」

でも、地下鉄とサンドイッチと、かすかに姉のことが頭にあって、夢だったのかと不思議に思っていたということだ。養子になった家にも姉に当たる人がいて、その人も祖父が幼いうちに亡くなったからか、本当の姉と混同したのだ。

「大人になってからおじいちゃん、自分が養子だったって知ったんだって」

そうして、サンドイッチの記憶は現実なのかもしれないと、調べ始めた。

「お父さんはおじいちゃんから、養子だったってことは聞いたことがあるそう。大阪での空襲のあと保護されて、言葉が関西弁じゃなかったから、どこかから来たんだろうっていうことしかわからなかったらしいよ」

古いハガキだ。日付からすると、祖父は四十代。たぶん、当時のことを調べていて、梅田周辺にある店にハガキを出していた。この店はもうなく、宛先不明で戻ってきてしまったが、たぶんここだと思えるような理由があったのだろう、ハガキをずっと取っておいて美弥にあずけた。

ジャムサンドと地下鉄の話、姉を慕うかすかな記憶、それらを祖父から聞いたのは、美弥と美久だけだった。でも祖父は、戻ってきたハガキを美弥に渡した。手がかりは、美弥と美久の両方が握っていて、ひとりでは答えにたどり着けない。

美久は、ハガキの住所に向かうことにする。和菓子屋はもうないとわかっていても、行ってみないわけにはいかなかった。

そこには、古い木造のアパートが建っていた。古民家の多い一帯で、道も狭くて入り組んでいて、昭和にタイムスリップでもしたような雰囲気だ。

今はもう、アパートではないのだろう。一階が何かの店舗らしく、風情ある建物はそのままに、おしゃれな雰囲気になっている。狭い前庭には屋根まで届きそうな木が植わっていたが、うねるように太い枝が伸びて、これも古そうな木だった。

美久が引き戸を開け、暖簾《のれん》の向こうに声をかけると、和服を着た年配の女性が現れた。訊けば、ここは着付けや和裁の教室だという。

「風洋堂？　ごめんなさい、わからへんわあ。そやけどここは、アパートができる前、和菓子屋さんやったっていうのは聞いたことありますわ」

「パン屋さんではなかったんでしょうか」

「ああ、そうかもしれませんな。パン屋さんは、戦時中は和菓子屋を名乗ってたらしいです。昔のパン屋さん、菓子パンを売ってることが多かったみたいで、そんで菓子パンが禁止されたよって、和菓子屋に看板を変えたんやとか」

物知りな人で、丁寧に教えてくれるのにあまえ、美久はハガキの写真を女性に見せる。祖父の記憶は現実なのか、せめて手がかりでもあればと思ったのだ。昔はこんなジャムサンドがあったとか、聞いたことはないだろうかと思いながら。

「ジャムサンドはわかりませんけど、おじいさんの記憶は、正しいんとちゃいます?」

「え、本当ですか?」

女性は深く頷いた。

「空襲があったんは、終戦の年の三月十三日の夜中です。ミナミの繁華街を中心に焼けたそうですわ。心斎橋や、あのへんの地下鉄の駅には大勢の人が逃げ込んで、そやけど地上が火の海やさかい、まだ助かったとはいわれへん。そんなとき、終電が行ったはずのホームに電車が入ってきて、避難する人を乗せて走ったんです。梅田のほうは火の手がなかったよって、それで助かった人がいてはったとか」

真夜中に、本当に電車が来たのだ。

「そうなんですね！　来るはずのない電車が……。でも、祖父はこのハガキを書いた頃に、地下鉄のことも調べたと思うんです。なのに、そんなことがあったとはわからなかったみたいで」

「ええ、大阪でも長いこと、都市伝説だと思われてましたよ。全く記録がなかったらしいです。そんな時間に電車を走らせたのに、職員さんの証言もない。当時は、地下鉄の駅に人を避難させるのは規則違反やったみたいで、勝手に電車を走らせたり、人を乗せたなんて、言えんかったんちゃいますか？　助かった人も、おおっぴらには言わんようにしてたんやろか。事実やて話が出てきたんは、ずっと後になってからですわ」

祖父が調べていたときは、まだ表に出てきていない話だったのだ。

「じゃあおじいちゃんは、風洋堂の人に助けられて、地下鉄で梅田まで来たかもしれないんですね。それで、この中崎のお店へ連れてきてもらって……」

「きっとそうですやろ」

サンドイッチをもらったけれど、中身を当てられなかったから、姉を失った。原因はもちろんサンドイッチとは無関係だけれど、祖父にとって記憶から消してしまいたいようなことがあったのだ。

でも、わずかに残った断片的な記憶だけが、祖父と姉を結びつけている。そのときに両親がいたのか、もういなかったのかわからないが、祖父にとって、自分の身元につながる記憶が姉の存在で、中身を当てられなかったサンドイッチなのだ。

いつか自分のことを知りたくなったとき、思い出すために祖父自身は、それだけは忘れなかったのかもしれない。

「ありがとうございます。いろいろ教えてもらえて、来てみてよかった」

美久が深く頭を下げると、女性ははにかむように笑った。

「わたし、中学の先生やったんで。役に立てたんなら何よりでした」

それから、何か思い出したように奥へ入り、戻ってきたときには折りたたんだ紙を手にしていた。

「これ、あずかってましてん。つい昨日、あなたと同じように、和菓子屋のこと訊ねた人がいましてね。もし地下鉄やサンドイッチのことを聞きに若い人が来たら、渡してほしいって」

開くと、〝ジャムサンド引換券『ピクニック・バスケット』〟と書いてあった。

＊

開店前から笹ちゃんは、何やら鍋《なべ》で煮込んでいる。甘い香りがするが、鍋の中は濁ったオレンジ色というか、茶色っぽいどろどろしたもので、見た目がいいとは言えない。

「笹ちゃん、これってジャム？」

「そう、これからジャムサンドをつくるの」

ニット帽の女性が来たら食べてもらいたい、と笹ちゃんは言う。わたしたちは、川端さんにもらった地図を頼りに、風洋堂のあった場所へ行ってみた。そのとき笹ちゃんは、サンドイッチの中身に思い当たったらしい。わたしにも教えてくれない。

「食べてみて、当てたらいいことがあるよ」

と言って内緒にしている。

「ねえ、どうしてこのジャムだってわかったの？」

ふふ、と笹ちゃんはちょっと得意げな顔をする。

「それはね……。あ、蕗ちゃん、開店時間！」

時計を見てあわてたわたしは、急いで立て看板を外へ出す。公園側と、通りのほうへもちゃんと看板を置いて、今日のおすすめサンドイッチのイラスト入りメニューボードも添える。そうして店へ戻ろうとしたとき、こちらをじっと見ている人と目が合った。

ニット帽の彼女が、小さくお辞儀をする。笹ちゃんの予想どおりに現れた彼女を、わたしは店へと促す。

「中崎町へ行ったんですね？　お姉さんから連絡ありました？」

　キッチンから出てきた笹ちゃんは、緊張気味の彼女に穏やかに声をかけた。

「姉が、こちらに問い合わせをしたって聞きました。あたしひとりでは、おじいちゃんのサンドイッチを見つけられないってわかってたみたい。いつも姉は、下調べや準備を怠らないんです」

「おじいさん、お姉さんとあなたには仲良くしてほしかったんですね」

　ニット帽さんは肩の力を抜くように息をついた。

「たぶんおじいちゃんは、実のお姉さんと空襲から逃げようとして、はぐれて、ひとりだけ助けられて、地下鉄に乗ったんでしょうね。でもそのことが現実かどうかもわからずに過ごしてきたから、後悔のようなものがあったんだと思います」

「そのときのジャムサンド、食べてみますか？」

　彼女は頬を紅潮させ、しっかりと頷いた。笹ちゃんはまたキッチンへ入っていき、お皿に並べたサンドイッチを持って戻ってきた。

　真っ白なパンの切り口に、ニット帽によく似た色のジャムが覗《のぞ》いている。

　イートイン用のテーブルで、彼女はサンドイッチをあらゆる角度から眺め、それからやっと口に運んだ。目を閉じながら噛《か》みしめて、じっと考えている。笹ちゃんが試食用に用意したものを、わたしも味見してみる。

知っている味だと思った。食べたことがある、けれど、食べ慣れているわけではなくて、子供の頃に食べたような、記憶の遠いほうにある、そんな味だ。

「これ……、もしかして、柿？」

ニット帽さんが言った。

「柿？　にしては色が」

わたしは首を傾げる。柿で思い浮かべる明るいオレンジ色ではなく、もっと暗い色合いで、赤茶の部分がむしろ多い。

「干し柿のジャムなんです」

「干し柿？　って、笹ちゃん、お正月に鏡餅《かがみもち》に飾るあれ？　硬くて白い粉吹いてるやつ」

「えっ、串《くし》に刺してあるあれですか？　食べたことなかったな。硬くて、飾り物としか」

わたしも、飾り物をあえて食べようとはしなかった。それに、最近はフルーツも多種多様で、洋菓子に使われるような流行のものに目が行くぶん、柿からは遠ざかっていた。

「最近の干し柿は水分が多めで、オレンジ色の羊羹《ようかん》みたいな口当たりのが売ってますけど、飾りの串柿はもう少し乾燥してますね。だけど、外側は赤茶でも、中のほうはもっと明るい柿の色だったりするんですよ」

「でも笹ちゃん、干し柿って、まだ柿も出回ってないのに売ってたの？」

「そう、生の柿は、早い品種がやっと出てきたところなのよね。ちょうど津田さんの知り合いが、フルーツを冷凍やドライで長期保存してて、干し柿もあるっていうから譲ってもらったんだ」

　おじいさんが食べたというのが三月頃なら、手に入れにくいものではなかっただろう。風洋堂では、硬くなった干し柿をジャムにして、甘いおやつを楽しんでいたのだろうか。もともとパン屋さんで、ジャムパンもつくっていたかもしれないのだ。手に入るもので工夫したことだろう。

「とろりとして甘くて、ジャムにするとこんなふうになるんですね。それに味が凝縮されてます」

　しみじみと味わうニット帽さんに、笹ちゃんは、うれしそうに微笑んだ。

「でも笹ちゃん、本当に柿のジャムで正解なの？」

　色だけでは、根拠が少ないような気がしたのだ。

「風洋堂のあった場所、あのアパートは戦後のものだと思うけど、門柱のレンガとか、前庭の石垣なんかはもっと昔の風情だったじゃない。そこの木も、風洋堂の頃からあったはずだと思ったの」

「木、あった！　ゴツゴツして古そうな感じの。……あれって、柿の木なんですか？」

「ええ。まだ青い実がありました。きっと風洋堂さんは、あれを収穫して保存してたと思うの。終戦間際でパンやお菓子の素材も少なかったでしょうけど、甘いものは貴重だから」

「そっか……」

しみじみと頷き、ニット帽さんはまたひとくち味わう。食べながら手のひらで頬をぬぐう。

「おじいちゃんは、お姉さんが助かるように祈ったのに……」

でも、中身を当てられなかった。

それからずっと、おじいさんは、その日の出来事が本当のことかどうかわからないまま生きてきた。けれど、とろりと濃く甘いジャムも、食べながら祈ったことも、夢というには鮮明で、忘れられずにいたのだろう。

やがて自分が養子だと知り、なおさら何の果実だったのか調べたくなった。もしもジャムサンドの中身がわかるなら、どこかでお姉さんが生きているようにと願えるから。

「だけどもう、おじいちゃんは、あたしに譲ってくれたんですね。あたしが中身を当てたら、いいことがあるかもしれないよって」

不器用な孫娘に、おじいさんの願いは託された。

「結局、おじいちゃんには頼りっぱなし。あたし、おじいちゃんがいなくなって、ひとりぼっちだったんです。お小遣いせびったり、親と言い合いになると逃げ込んだりで、迷惑ばかりかけてたけど、甘えられるのはおじいちゃんだけだったから」

いなくなった？

「もう、いないなんて、会えないなんて、なのに、あたしは何もしてあげられなかった」

「でもあなたは、おじいさんの記憶が現実だと、信じてあげたかったんですよね」

おじいさんは、彼女が信じてくれているとわかっていた。

「だって、おじいちゃんは、いつでもあたしのことを信じてくれたから。サンドイッチは本当にあったんだって、あたしが調べなきゃって」

彼女がおじいさんに電話をしていたことを、わたしは思い出している。あの電話は、つながらない電話だったのか。

わがままな言葉に紛れた、信じてるという思いはきっと、おじいさんに届いているだろう。

「お姉ちゃんは、バカな妹でも助けてくれるってこと、おじいちゃんはわかってたんですね」

彼女はようやく、やわらかく笑った。

笹ちゃんは、彼女のお姉さんへのお土産にと、残ったサンドイッチを包んで手渡した。

店を出た彼女は、公園の木陰で携帯電話を手にしている。おじいさんと話をしているのだろうか。ドアのガラス越しにわたしは、不思議な思いで眺める。

干し柿のジャムは、甘くとろけて、パンの香りを引き立てる。軒につるされた渋柿が、時間とともに甘くなるように、おじいさんの悲しい記憶も痛みも、少しは癒《い》やされていただろうか。

何のジャムかわかったよ、と、そんな声が聞こえる。おじいちゃん、地下鉄もサンドイッチも現実だったから、今はもう、お姉さんに会えたんだよね？

わたしはドア際を離れ、レジカウンターに戻る。

「笹ちゃん、干し柿ジャムサンド、川端さんのところへ持って行ってもいい？」

わたしも、渋柿みたいなものだ。でもいつか、もう少し、甘くおいしくなれるだろうか。

祝福の
サンドイッチケーキ

商品のメニューをボードに書くのも、わたしがここへ来てはじめた仕事だ。『ピクニック・バスケット』に秋の新メニューが加わって、ボードを書き直しているわたしを、コゲがアームチェアの上で物珍しそうに見ている。ブラックボードに色とりどりのチョークで、サンドイッチのイラストも添えると、我ながらよくできていると思う。

新メニューの、キノコをソテーしたいい匂いが、キッチンから漂ってきている。

「蕗ちゃん、そこに置いてあるクッキー、川端さんが、柿ジャムサンドのお礼だって」

調理の合間に、店に顔を出した笹ちゃんが、思い出したように言った。

「え、川端さん、来てたの？」

「うん、朝早くにね」

笹ちゃんは今日、一足先に店へ来ていた。わたしも早く来ればよかったかな、なんてちょっと思うものの、会いたいだなんてどうかしていると、自分に言い聞かせてもいる。

カウンターに置いてあった紙の箱には、色鮮やかなアイシングで飾られたクッキーが入っていた。手作りのようだ。

「これ、川端さんがつくったのかな」

「うん、姪御《めいご》さんの誕生日にたくさんつくったからって」

「へー、かわいい。猫やウサギのクッキーもある。川端さん、お菓子もつくるんだ」

「蕗ちゃんがまだ来てなくて、残念そうだったよ」

そんなことを笹ちゃんが言うから、わたしは浮かれ半分、自己嫌悪が半分と、どうしていいかわからなくなるのだ。

この前、『かわばたパン』に柿ジャムサンドを持参して、風洋堂の地図のお礼を伝えたが、結局それしか言えなかった。

あの夜、ひどい態度になってしまったことを、川端さんにはきちんとあやまりたいのに、切り出せなかったのだ。

川端さんは、いつもと変わらない態度で接してくれただけに、そこに甘えてしまっている。

『柿ジャムかあ。それも干し柿を使ってたとは。役に立てたならよかったよ』

そう言って微笑んでくれた。あのとき、気にかけてくれてうれしかったことや、本当はもっと気軽に相談したい気持ちもあることや、いろいろ言えなくて、今もまだ、胸の中で渦を巻いている。それでも、ふだんどおりに川端さんと、とりとめもないおしゃべりができるならと、ほっと胸をなで下ろしたのもたしかだ。

本当にふだんどおり？　かわいいクッキーに、これまでよりもっと浮かれ気分で、頬がゆるんでしまっていないだろうか。これまでよりもっと、川端さんと話したいなんて思ってしまっていないだろうか。収まりの悪い感情から目をそらして、わたしはできあがったメニューボードを、お客さんが見やすいよう壁に掛ける。

「あ、いいね。キノコのイラストもかわいいし」

笹ちゃんが覗《のぞ》き込む。

「蕗ちゃんのおかげで、あたたかみのある店内になったよね。お客さんもそう言ってくれるの」

「ほんと？　よかったー」

「こういうイラストメニューがあると、ショーケースの中を見る前から食べたい気持ちが盛り上がるのよね」

もっともっと、『ピクニック・バスケット』をいい店にしていきたい。笹ちゃんもそう思っているとわたしは感じているのだけれど、一方で、やっぱり津田さんのことが頭を離れない。

笹ちゃんは、津田さんとのレストランをどう考えているのだろう。何も言ってくれないし、わたしからも訊《き》けないままだ。

その日、営業を終えた時間に、当の津田さんが『ピクニック・バスケット』にやってきた。以前に笹ちゃんが言っていた、後輩の結婚パーティのことで打ち合わせに来たという。

披露宴のメニューについて、「蕗ちゃんはどう思う?」なんて訊かれても、フレンチのシェフに口出しなんてできない。わたしは、フランス語で書かれた読めないメニューを、感心しながら眺めるだけだ。

「津田さん、パーティに出席したら、料理できませんよね」

「もちろん、知り合いのシェフに頼んだよ。メニューはいちおう決めるけどね」

「わたしはケーキ担当で、当日持参することになってるの」

笹ちゃんがケーキ? 初耳だった。

「え、つくれるの? ウェディングケーキを?」

「うん、特製ケーキをね」

「楽しみだなあ」

津田さんは食べたことがあるのだろうか。料理人がそう言うからには、とびきりおいしいに違いない。

「えー、わたしも食べたいよ。笹ちゃん、ケーキつくってくれたことないじゃない」

「お祝いの日につくるものだからねえ。そうだ、蕗ちゃんの誕生日につくろうか」

「ほんと？　やったー！」

まだ先だけど、わくわくする。気持ちも顔もゆるむ。

「ところで、笹ちゃんと蕗ちゃんに聞きたいことがあるんだ」

油断していたところで、急に津田さんが深刻そうに切り出した。笹ちゃんをレストランに誘う話だったらどうしようと、一気に緊張するが、津田さんが言ったのは全く別のことだった。

「ここの常連さんに、こういう人がいないかな？」

津田さんが示したスマホには、年配の男性の写真があった。メガネをかけた、スーツ姿の写真は、企業のホームページに載っているもののようだ。

「うーん、こういう雰囲気のかたは時々見るけど、オフィス街だからスーツの人が多いし、よく来てくれても顔までおぼえてないかも」

笹ちゃんは思い当たらないようだ。わたしも、常連さんの中でピンとくるような人が思い浮かばなかった。

「このかた、誰なんですか？」

「冴子《さえこ》さんのお父さん」

「えー、そうなんだ。蕗ちゃん、今度結婚する後輩が小林雅次《こばやしまさつぐ》くんっていうんだけど、そのお相手が石橋《いしばし》冴子さん」

笹ちゃんが説明してくれて、わたしは頷くが、どうしてお父さんが常連かどうか確かめたいのだろう。

「じつは、冴子さんのお父さん、まだ結婚を認めてくれないらしいんだ」

写真の人は、やさしそうな顔をしている。でも娘の結婚となると、厳しい目になるのだろうか。

「どうしてなの？　小林くん、いい人なのに。年下だから？」

どうやら、冴子さんのほうが年上らしい。

「冴子さんのお父さんは、スーパーの経営者なんだ。それで、冴子さんには婿を取って経営を継がせたいと思ってたそうだ」

「えー、そうなんだ」

「この近くに本社があって、市内に何軒かチェーン展開してる。地域密着型っていうのかな。お父さん自身も婿養子で、結婚してから義父の経営を継いだらしいよ。でもたぶん、それだけじゃなくて」

津田さんは少しだけ声をひそめた。

「あいつの店、あんまり儲《もう》かってないんだ」

小林さんの店はデリカテッセンだと、また笹ちゃんが説明してくれた。味はいいけれど、今ひとつ売れていないという。

「洋風の惣菜屋《そうざいや》、なんだけど、なんていうか日常の、晩ご飯のおかずにするには微妙なんだよな」

自分の悩みみたいに、津田さんは眉間《みけん》にしわを寄せた。

「でも、デパ地下でローストビーフとか手作りソーセージとか売れてますよね」

「独立店舗だと、それを目当てにしたお客さんじゃないと来ないからな」

たしかに、いろいろ見比べて、今日はこれにしようと思えるデパ地下は強い。

「それに小林のは、おかずっていうにはおしゃれなんだよな。ホームパーティでもないと、一般家庭じゃ食べないような」

「だけど、いずれワインバーも併設したいって言ってたでしょ？　パテやミートローフ、子羊のグリルとチーズフライ、ワインと手軽に味わえたら最高じゃない？」

「現状じゃ難しいよ。冴子さんがソムリエの資格があるからって、夢を語ってたけど」

「料理人とソムリエなんですね。なんかステキ」

現状はともかく、わたしは単純にうっとりする。おいしいものにあふれた家庭になりそうだ。

「それで、冴子さんのお父さんがここに通ってるなら、どうするつもりなの？」

笹ちゃんが話を戻した。そうだ、そこがよくわからない。

「どのサンドイッチを食べてるのか知りたいんだ」

ますます疑問だ。

「冴子さんが、お父さんの秘書から聞いたところによると、ここのサンドイッチが気に入っていて、よく買ってるらしい。以前は出前ばかりだったのに、このところサンドイッチを買いに行くようになって、意外に思ってたそうだ。でも何のサンドイッチなのか、訊いても答えてくれないんだって。冴子さんとしては、結婚を認めてもらうにはまず、小林がつくった料理を食べてもらいたい。そのためにも、お父さんの好みやこだわりを調べたいんだそうだ」

「何のサンドイッチか教えてくれないっていうのは、家族も知らないようなものが、じつは好みなんでしょうか？」

「そうよね。お父さんの好みって、家族ならわかりそうなものだし」

「ふだん、食事に主張しないんだそうだ。お酒も飲まないし、出されたものはきれいに食べるって。もしもひそかな好みがあるなら、そこからお父さんに近づけないかってことなんだと思う」

そうしてわたしたちは、冴子さんのお父さんを見かけたら、何を買うか確かめることになった。

津田さんは、笹ちゃんのタマゴサンドをおいしそうに食べて、わたしが淹《い》れたコーヒーもほめてくれた。笹ちゃんと津田さんは本当に自然な感じで話し、笑う。ここは『ピクニック・バスケット』の店内なのに、わたしはふたりの家にでも訪れたような気持ちになる。

こんなに息の合ったたたずまいなのに、本当に別れたふたりなのだろうか。わたしはまた心許《こころもと》なくなって、小野寺さんに会いたくなった。

＊

冴子の父は、昔から頑固者だった。こうと決めたら、簡単には考えを変えない。冴子も父に似て頑固者だから、衝突したらどちらも退《ひ》かないだけにやっかいだ。

今回は、これまでになくこじれている。それに冴子は、今回こそは譲るつもりはない。結婚という、人生の大きな決断をした。もうとっくに大人だし、親にも誰にも頼ることなく生活している。父に従う理由はないはずだ。そもそも相手の小林雅次に対する父の見方は、単なる偏見にしか思えない。

母や祖母を味方につけ、向こうの両親にも気に入られて、外堀を埋めつつ着々と結婚式の準備を進めた。父が最後まで反対していても、結婚するつもりだった。

「まともに収入のない男なんか、認められるわけないやろ」

父はそう言う。雅次の店は、たしかに繁盛しているとは言いがたい。しかし最近は、少しずつだがリピーターも増えてきているし、売れ筋の商品も出てきた。地道に続けたいという彼を冴子も応援している。なにしろ冴子は、彼の料理に惹《ひ》かれたのだ。丁寧に、おいしいものをつくる人だ。

「おいしかろうがまずかろうが、売れんかったら意味ないんや」

父はそんなことも言った。冴子も十分稼いでいるし、貯金もあるから問題はないと反論したが。

「商売は道楽ちゃうで」

父は経営者だ。婿養子に入って、冴子の祖父から受け継いだ小さなスーパーを維持し、それなりに成長させた自負があるのだろうけれど、雅次は料理人だ。経営者とは商品へのこだわりが違うのだから、意見が一致することはないだろう。

それに、いまどき婿養子で跡継ぎだなんて時代錯誤だ。経営の後継者なら優秀な部下がいるだろう。もともと冴子には、家の仕事を継ぐつもりはなく、ワインの輸入会社に入って十年あまり、営業職でがんばってきた。ソムリエの資格を取ったのも、いつかは店を持ちたいと思っているからだし、雅次と夢を一つにしている。父がなんと言おうと、冴子は結婚に向けて進んでいるのだ。

「お父さん、あんなことゆうてても、さすがに娘の結婚式には出るやろ。引きずって

「でもつれてくよって」

　母はそう言う。会社ではともかく、家庭では母のほうがリーダーシップを発揮しているところはある。

「でも、雅次くんは、ちゃんと許してもらいたいみたい」

「そんなことゆうてたら、冴子がおばあさんになるわ」

一度でいいから自分の料理を食べてもらいたいと、雅次は考えている。すぐに認めてもらうのは難しくても、仕事も結婚も中途半端な気持ちではないことを伝えたいのだ。

「まあお父さんも、今の店をお惣菜で成功させたからね。料理の味はわかるやろけど」

地域密着のスーパーで、安くておいしい惣菜には定評がある。きんぴら、筑前煮《ちくぜんに》、マカロニサラダやかき揚げ、と昔ながらのメニューが人気だ。父がつくったわけではないが、お客さんの好みをリサーチして、具材も味も確認しているはずだ。

父にしてみれば、雅次のデリカテッセンは、和洋の違いはあれど似たようなジャンルだし、なおさら商売がわかっていないと、もどかしくなるのだろう。

しかし冴子は、なんとか父を懐柔すべく、情報収集するしかない。思春期以降、口をきけば反発してしまう関係だし、父は口数が少ないので、こうして母にいろいろと訊いている。

「お父さんとはお見合いやったんやろ？　お母さんは、婿養子に抵抗なかったん？」

「そんなん、よそへお嫁に行くより、うちにおったほうが楽やん。それにお父さん、お見合い前からわたしのこと見かけて知ってたっていうから、これもご縁やと思たわ」

父が昔、冴子の祖父と付き合いのある取引先で働いていて、そこで祖父に目をつけられたらしくお見合いの話になったというのは、幾度となく冴子も聞いたことがあった。以前から母を知っていたということで、母は見初められたように感じている。

「好きな料理ってないんかな。訊いても、べつにないってそっけないし」

「そやね。食べへんものはあるけどね」

「え、何？」

「焼き鳥」

それは初耳だった。家族で焼き鳥屋に行ったことはないが、子連れなら別の店を選ぶとしても不思議はないし、お酒を飲まない父にとって、焼き鳥はそれほど食べる機会がないものかもしれない。だから、たまたま家で食べることもなかった。しかし母の言い方では、積極的に避けているかのようだ。

「鶏肉《とりにく》がきらい、なわけやないよね」

たしか、鶏肉はふつうに食べていると思う。

「うん、そうなんやけど、あんまり食べたくないって聞いたことあるなあ」

焼き鳥か。雅次の料理とは遠いから、支障はなさそうだけれど。

それにしても、本社近くのサンドイッチ店では何を食べているのだろう。冴子は一度、そこの店主に会ったことがあるが、ふわっとした雰囲気のかわいらしい女性だった。彼女のサンドイッチの何が、父を引きつけているのだろう。

冴子にとって父の好みの謎は、ますます深まるばかりだった。

＊

年配の、メガネをかけたお客さんに、わたしたちは注意を払うようになった。今のところ、それらしい人は現れていない。

「小野寺さん、こんな人、知りません？」

顔の広い小野寺さんだ、冴子さんのお父さんはこの近くに通勤しているわけだし、もしかしたら何か知っているのでは、と思って訊いてみる。しかし、やはり無理があった。

「知り合いにはおらんけど」

「ですよね」

「今さっき来てた人とちゃうん？」

「えっ！」

わたしも、そして笹ちゃんも驚いて、ショーケースの向こうから駆け寄ってきた。

「本当ですか？　蕗ちゃん、スーツの人っていた？」

注意していたはずだが、いなかった。

「スーツやない、ベージュっぽいブルゾン着てたわ」

そういえば、そんな普段着ふうの、メガネをかけた年配の人がいた。でも、髪の毛もボサボサで、会社勤めにも、もちろん社長にも見えなかったのだ。

「笹ちゃん、その人、何買ったっけ」

「えっ、どうだったかな」

「まだその辺にいるかもしれへん。見てこよか」

小野寺さんが店を出る。わたしもあわてて後を追ったが、もうその姿は見当たらなかった。

「公園内におるかも。どっかでサンドイッチ食べるつもりかもしれんし」

もう少し園内をさがしてみようと、わたしは小野寺さんと並んで歩いた。

「小野寺さん、わたし、笹ちゃんの元彼と会いました」

「うん」

歩きながら、小野寺さんに話したかったことを自然と口にしている。

「それで、なんだか落ち込んでしまって。そしたら川端さんが、心配してくれたんですけど……、何も話せなくて、ますます滅入《めい》ってしまって」

「うん」

「笹ちゃん、何も言わないけど、もう決めてるんでしょうか」

話が支離滅裂だ。それでも小野寺さんは、ただ頷《うなず》きながら聞いてくれている。

「笹ちゃんが、蕗ちゃんに相談もなく決めるとは思えへんけど」

「笹ちゃん、わりと自分で考えて決めるんです。料理学校へ行くときもそうだったし」

「今は違うやろ。ふたりの店や」

そうだろうか。

「でも、だからってわたし、笹ちゃんの足かせにもなりたくないんです」

小野寺さんは小さく笑う。微笑んでいるけれど、少し淋《さび》しそうにも見える。

「彼、いい人やねんな。蕗ちゃん、会ってそう思たんやろ？」

あのとき、お好み焼きを食べながら、何より笹ちゃんが楽しそうだった。お好み焼きの上のカツオブシみたいに、ゆらゆらふわふわしていた。笹ちゃんは、彼との再会に幸せな気持ちでいる。それが小野寺さんにも伝わっているのだろう。そうして小野寺さんは、胸を痛めながらも微笑む。大好きな笹ちゃんに、待っていた人が訪れたことに。

「わたし、笹ちゃんや小野寺さんみたいに、人を好きになったことがないから。失恋するほど警戒心ばかりになってしまいます。そんなだから、やさしくされると逃げ出したくなってしまうんです」

「あれ？　僕もやさしくしてへん？」

いきなり入るツッコミに、わたしは目を丸くする。小野寺さんはやさしく笑う。

「思いっきり対象外やな」

「だって、小野寺さんは笹ちゃんが……。もう、からかわないでくださいよ！」

「それそれ、いつもの蕗ちゃんや」

小野寺さんには素の自分でいられるのに。どうしてだろう。

「やさしいと逃げ出したくなるのは、気になる人やからやろ」

さらりと言われ、わたしはあせった。

「……いえっ、まさか。そういうのじゃなくて」

「ま、ええやん。人と同じようにはでけへんよ。蕗ちゃんには蕗ちゃんの〝好き〟があるし、本当に好きやったら、逃げても警戒しても、どうせ無視でけへんから悶々《もんもん》と悩んだらええ」

「意地悪ですね」

そう言いながらも、わたしは不思議なくらいほっとしていた。好きになるまいとしても、好きになってしまうのなら、あがくのはバカみたいだ。そう思うと、肩の力が少しだけ抜けた。

小野寺さんが、急に足を止めた。つられてわたしも立ち止まる。彼が視線で示すバラ園のベンチで、年配の男性がサンドイッチを食べていた。一見無職の人みたいだが、さっき店へ来た人に間違いない。おそらくあの人が、冴子さんのお父さんだ。

「何のサンドイッチを買ったか知りたいん？」

「そうなんですけど、ああもう、食べ終わっちゃう」

それに、いきなり何を食べていたのか訊くわけにもいかない。

「蕗ちゃんは店の人やてバレてるから、ここで待っとき」

小野寺さんはひとりさっと歩き出すと、ベンチへ近づいていった。少し離れて様子を見ていると、何やら話しかけ、やけに話が弾んだ様子でやりとりしている。しばらくして、小野寺さんはこちらへ戻ってきた。

「わかったで」

「あやしまれませんでした？」

「べつに。このへんにランチのおいしい店がないか聞いてみただけや。で、何食べてたんですか、ってな」

その人は、「鶏つくねサンド」と答えたという。

「昔、なじみの店で、鶏つくねハンバーグってのを出してたんやて。で、大葉との組み合わせがサンドイッチと同じやから、気に入ったらしいわ」

＊

数日後、小林さんと冴子さんが『ピクニック・バスケット』にやって来た。冴子さんは背が高くてキビキビしていて、いかにも仕事ができそうな雰囲気だ。小林さんは明るくておしゃべり好きな印象で、意外な組み合わせながら不思議と息が合っている、そんなカップルだった。

冴子さんのお父さんが食べているというサンドイッチが判明した。しかし彼女は首を傾げる。鶏つくねハンバーグを、昔お父さんが食べたという、なじみの店がわからない。お母さんに訊いてみたが、記憶にはないということだ。それにお父さんは、焼き鳥が苦手らしいのだ。なのに、つくねが好物なのは、わたしにも笹ちゃんにも不思議に思えた。

もちろんあり得ないわけではないし、お父さんが鶏つくねのサンドイッチを食べていたのは確かなのだ。

「小林くんは、ウェディングパーティに自作の料理を出すんでしょう？　何にするか決まった?」

　閉店後の店内で、ふたりに食べてもらうべく、鶏つくねサンドを笹ちゃんは用意する。

　小林さんは、笹ちゃんが前に勤めていた神戸にあるホテルのレストランで、一年後輩だったらしい。もちろん津田さんは、当時小林さんにとっても先輩で上司だったし、店を出すときも相談に乗ってもらっていたらしい。

「ええ、津田さんと相談して、鰯《いわし》のスモークをメニューに入れてもらうことにしました。でももし、お義父《とう》さんにとって何よりの好物があるなら、なんとか取り入れたいなと思ってるんです」

「うん、食べてもらえたら、きっと理解してもらえるよ。わたしたちもできることは協力するし」

「笹先輩は、変わらずやさしいですね」

　うれし泣きの仕草をするのがお茶目でかわいい、とわたしからすれば年上なのに思ってしまう。

「わたし、父とはしばらく口をきいてないんです。もともとそんなに会話がないんだけど……。ここで鶏つくねサンドを食べてるなんて意外です」

　冴子さんは冷静に話を戻した。彼女は小林さんの思いを汲《く》んで、懸命にお父さんを理解しようとしている。

「まあどうぞ、召し上がってください」

わたしはコーヒーを淹れて、鶏つくねサンドに添えた。ふたりは顔を見合わせ、同時にサンドイッチを口に運んだ。

「ん、おいしい……」

冴子さんは自然に声にしている。小林さんも目を細める。

あっさりした醬油《しょうゆ》味の鶏つくねは、香ばしく焼いてある。新鮮な大葉とともにサンドされていて、パンに塗った胡麻《ごま》風味のマヨネーズがアクセントになっている。

「何度も買いに来てるんだから、父にとっての忘れられない味に似てるんでしょうね。いつどこで食べたんだろ」

「お母さまもご存じないとすると、ご両親が結婚する前の、なじみのお店かもしれませんね」

「結婚前かあ、それにしたって、お義母《かあ》さんが聞いたことないってのは何でかな」

「そやね、そんなに昔からつくねハンバーグが好きだったのに、これまで家族の誰も聞いたことがないし、食べているところも見たことないっておかしいよね」

「ほかの店では食べる気にならんかったとか？」

小林さんが言うように、その可能性もあるが。

「ここで鶏つくねサンドを知って、食べてみようと思ったわけでしょ？　気に入ってリピートしてるのは、食べてみたからなんだし。だったらこれまでも、どこかでメニューにあったなら、注文してても不思議じゃないけどな」

「そうですよね。鶏つくねがメニューにあるお店って、居酒屋とか、焼き鳥屋さん？」

思いつくままにわたしは言う。

「蕗ちゃん、そういうところは、家族とはあんまり行かないかも」

「そっかー、たしかに」

「父はお酒を飲まないし、焼き鳥が苦手みたいだから、仕事の部下とも行かない気がするんですよね」

「だったら、最初に気に入ったお店は、何のお店だったんでしょう」

結局謎に包まれている。

「やっぱり、きちんと父と話すしかないですね。雅次くんの料理、食べてもらえるよう説得します」

冴子さんはキリッと背筋を伸ばした。

「すみません、笹先輩。僕がもっとしっかりしてたら、お義父さんに認めてもらえたんでしょうけど。津田さんもいろいろ協力してくれて。本当にありがたいです」

小林さんは頭を下げる。

「笹子さんのときには、雅次くんが腕を振るわないとね」

いきなり冴子さんから飛び出した言葉が、油断していたわたしに突き刺さった。こわごわ、笹ちゃんをうかがう。

「わたしなんて、いつのことやらわかんないですよー」

いつもの、のんびりした返事だ。

「あれ？　笹先輩、津田さんとよりを戻したんじゃないんですか？」

さらなる衝撃に、一瞬、息をするのを忘れる。

「なに言ってるの、小林くん。別れてもう何年も経つのに」

「えっ、でも津田さんは……。いや、すみません、僕たちの式をいっしょに手伝ってくれてるから、勘違いしてました」

結局小林さんは、自分で否定して収めたが、わたしとしては、彼は納得していないように見えた。たぶん、津田さんが自分のレストランに笹ちゃんを呼ぶ計画なのを知っているのだ。

そのレストランは、都会ではなくて、自然豊かな海のそばにあるらしい。遠くへ笹ちゃんを連れていく、それは単にスタッフとして誘うというより、プロポーズに近いものなのだ。小林さんはそう感じているのだろうし、鈍いわたしでもそんな気がしていた。

プロポーズ、なんてキラキラした言葉なんだろう。わたしには、〝白馬の王子様〟くらい現実味がないが、笹ちゃんはその返事を迫られているのだ。ずっと好きな人だったのに、断る理由なんてないではないか。

ふたりが帰っても、わたしの頭はもやもやしたままだった。

「ねえ蕗ちゃん、夫婦でも言わないことってあるのかな」

夫婦、って言葉でさえ、笹ちゃんが言うとわたしは過剰にドキドキしてしまう。

「えっ？　何のこと？」

「冴子さんのお父さん。お母さんも鶏つくねのこと知らないわけだし、何か秘密にしてることがありそうじゃない？」

笹ちゃんは？　妹に秘密にしてることはない？

「その秘密って、冴子さんの結婚と関係あるんじゃないかって気がするのよね」

笹ちゃんの推測は、私には思いがけないものだった。

「え、どうして？　お父さんの結婚前のことかもしれないんでしょ？　なのに冴子さんと？」

「鶏つくねサンドを買いに来るようになったのって、最近だよね。いつも出前だったのに、サンドイッチを買ってるのが珍しいって秘書さんが思ったわけでしょう？　それって、冴子さんの結婚が具体的になったころじゃない?」

うちの鶏つくねサンドはもっと前からあるし、近くを通るなら、鶏つくねの存在に気づいていても不思議じゃない。でも、食べようと思ったのはここ数カ月のことだというわけだ。

「結婚に反対しても、冴子さんはもう準備を進めてるし結婚するわけだもんね。お父さんにしてみれば、悩んじゃうよね」

「小林くんの料理を、食べるべきか。もしかしたらお父さんは、鶏つくねにその答えを見つけたいのかなって、思えたんだ」

笹ちゃんは、料理がただの食べ物じゃないことを知っている。人に寄り添って、楽しませたり勇気づけたり、そっと心を動かすものだと知っていて、丁寧にサンドイッチをつくっている。

わたしは、笹ちゃんの料理の中で、たぶんサンドイッチが一番好きだ。笹ちゃんのフレンチを知らないから、なおさら。

「あ、もうこんな時間。今日は『かわばたパン』に寄らなきゃいけないんだった」

「そうだね。じゃ、お願い」

そしてこの、『ピクニック・バスケット』も大好きだ。でも、笹ちゃんをきちんと祝福したい。

もやもやは消えない。『かわばたパン』を口実に、頭を冷やそうと店を出ると、日が暮れた公園は、もうひんやりとした空気に包まれていて、わたしは身震いする。コゲが暖を求めるように、入れ替わりにわたしが開いたドアから中へ入っていった。

「ねえ蕗子さん、『ピクニック・バスケット』はなくなりませんよね？」

頭を冷やそうと思って、『かわばたパン』へやってきたのに、西野さん、もとい麻紀さんがわたしの顔を見たとたん、動揺させるようなことを言う。

「な、なに言ってるんですか」

「……ちょっと、心配になって」

わたしだって心配だ。

「笹ちゃんのサンドイッチ、麻紀さんも気に入ってくれてますもんね」

「それもあるけど、蕗子さん、仕事がなくなっちゃうでしょう？」

はっきり言われてしまう。

「あ、そしたらここで働きません？」

「えっ？　いえ、わたしには無理ですよー」

あせりながらわたしは、大きく首を振った。

「ダメですか？　蕗子さんがいたら、職場環境がよくなりそうなのに」

「西野さん、それじゃあ今は、環境が悪いみたいじゃないですか」

厨房《ちゅうぼう》から川端さんが出てくる。話は聞こえていたようだ。

「店長は、仕事中は真剣なあまり感じ悪いですから」

「きみがそれを言いますか」

川端さんはあきれ顔だ。麻紀さんは、川端さん以上に几帳面《きちょうめん》らしいし、職人がふたりいれば緊張感が漂うものだろうけれど、ふたりともそのほうが、仕事がしやすいタイプに違いない。

「えーっと、退散します。それじゃ、お先に」

「お疲れさま」

すでに帰り支度が終わっていた様子の麻紀さんは、急いで出ていった。

「今日は麻紀さん、あがるの早いですね」

「いつも遅くまでがんばってくれてるから、たまにはね」

なんだかんだ言いつつ、麻紀さんは『かわばたパン』でうまくやっているようだ。

川端さんも、スタッフがすぐやめると困っていたから、安心して仕事をまかせられるのだろう。

「それにしても、蕗ちゃん、ごめん。西野さんは悪気はないんだけど、よそのお店のことを邪推するのはどうかって、言っておきます」

「いえ、わたしは気にしてませんから。あ、クッキー、ありがとうございました。おいしかったです」

「また今度つくってこようか」

それってとくべつに？　などと浮かれた考えが頭をよぎり、わたしはあわてて自分を戒める。

「そんなっ、川端さん、多忙なのに、お気持ちだけで」

遠慮しておいて、次の瞬間には後悔する。ああ、また素直にうれしいと、また食べたいと言えなかった。

「蕗ちゃんには、元気でいてほしいだけなんだ。無理に元気にしてほしいんじゃなくて、そうなれるように、おいしいものをつくれたらうれしいから」

きっとわたしは、よほど落ち込んで見えるのだろう。でもそれは、笹ちゃんと津田さんのことよりも、川端さんに八つ当たりしてしまったことが大きいのではないか。だからたぶん、川端さんの前でだけ、やけに挙動不審になっている。

「あのっ、本当にわたし、いつだって川端さんのパンに元気づけられてます。毎朝、起きたくない日もあるけど、パンが頭に浮かぶんです。たっぷりバターをのせたトーストと、ふわふわサクサクのパンが思い浮かんで、おなかがグーって鳴って、ああわたし、すごく元気だなってシャッキリできて。川端さんのおかげです」

いかに食い意地が張っているか主張しているみたいで、だんだん恥ずかしくなってきたが、朝ご飯のために起きられるようになったのは本当だ。

「蕗ちゃんは、楽しいなあ」

川端さんは目を細める。じっと見つめられると、これは現実ではなく夢でも見てるのではないかと思えてくる。

それに、あれ、もしかしてふたりきり？　小野寺さんの言ったことが、急に頭に浮かんだ。

やさしいと逃げ出したくなるのは、気になる人やからやろ。

「か、川端さんは、鶏つくね好きですかっ？」

何を言い出すのやら、もうパニックだ。

「つくね？　焼き鳥屋へ行ったら食べるかな」

「鶏つくねサンド、いつも買ってくれる人がいるんですけど、その人の娘さんが笹ちゃんの後輩の結婚相手で、お父さんに結婚を反対されてるらしいんです」

この際、川端さんに相談してしまおうと、わたしは一気に説明する。話を聞いて、川端さんは真剣な顔で考え込んだ。笑顔もいいけど、真剣な顔にも見入ってしまう。目が合わない限りはだけど。

「本当は家業を継いでほしいからとか、そういう理由みたいなんですけど」

「そっか。お父さんにも夢があるだろうからね。娘さんが小さいころから、将来のことはいっぱい想像しただろうし、いっしょに働きたいってのも、自然な気持ちなんやろな」

お父さんの立場を、川端さんに言われてわたしははじめて想像した。小さい冴子さんがいつか結婚するときのあれこれを、何度も考えただろう。そこに自分の希望が重なっているのは不思議でも何でもない。

「そう、ですよね……」

「蕗ちゃんのお父さんだって、いろいろ理想はあるんと違う？」

「うちはふつうのサラリーマンだし、今は早期退職して田舎暮らしして、自分の夢を叶《かな》えてるからか、わたしたちには好きなようにさせてくれてますね」

「蕗ちゃんに似てる？」

「うーん、笹ちゃんのほうが似てるかも。おおらかなところとか、やわらかい雰囲気とか」

どういうわけか、笹ちゃんはお父さん似で、わたしはお母さん似だとよく言われた。そんなだからわたしは、大きくなるまで笹ちゃんと血がつながっていることを疑わなかったのだ。

「川端さんは、お父さんと同じお仕事なんですか？」

「いや、僕は、父に反対されたなあ。だから笹ちゃんの後輩の気持ちも、少しはわかるような気がするよ」

川端さんの笑顔が少し曇る。わたしは川端さんのさらさらの髪を撫《な》でたいような、奇妙な衝動を抑えた。

「それに、お相手のお父さんも、今の仕事とは違う夢があったかもしれないよ。家業だから、それをあきらめた、とかは？」

婿入りしたのだから、当然その前には別の仕事をしていたはずなのだ。

「前は、何の仕事をしてたんだろ」

その仕事は、鶏つくねとつながるのだろうか。笹ちゃんが言うように、鶏つくねが冴子さんの結婚と関係があるなら、お父さんは、自分が結婚したときのことを思い出しているのかもしれない。

「だけど、娘さんやその相手にも、夢はあるわけだし、思い通りにはならんよね」

お父さんの反対を押し切って、今の仕事をしている川端さんは、自分に重ねたのか。

「……笹ちゃんも、本当の夢はフレンチなんでしょうか」

わたしも、重ねて考えてしまう。川端さんは、またこちらをじっと見る。

「笹ちゃんの気持ちなら、蕗ちゃんが大事にしたいのはわかるよ。だけど、蕗ちゃんの気持ちを伝えてみてもいいんじゃないかな」

わたしの気持ち？　わたしは、どうなればいいと思っているのだろう。

＊

冴子さんのお父さんは、数日後にまた『ピクニック・バスケット』に現れた。今日もスーツではなかったから、いつもはこのラフな格好で、ホームページの写真は社長らしく撮ったものだったのだろうか。

ちょうどお客さんが途切れたところだったこともあってか、笹ちゃんが声をかけた。

「いつもありがとうございます。鶏つくね、お好きなんですか？」

一瞬、戸惑ったような顔をしたが、すぐに笑顔になって頷く。

「この鶏つくね、うまいことサンドイッチに合《お》うてるわ。それに、私の好みの味によう似てんねん、隠し味がちょっとちゃうかな」

「その鶏つくね、隠し味に、何を使ってるんでしょう」

「それは秘密や」

鶏つくねの秘密は、お父さんにとって宝物のようなものなのだろうか。幸せな笑みと結びついている。

「食べてみたいですね。どこかのお店ですか？」

コーヒーを淹れながら、わたしも話しかける。鶏つくねの話をするのは、けっして迷惑なことではなさそうだった。

「店はもうないわ。何十年も前に閉めたよって」

「それは残念です。どんなお店だったんです？」

「小さな焼き鳥屋やった。そやけど、売れてへんかってな。焼き鳥と違《ち》ごて、こんな感じに大きめに焼いた鶏つくねハンバーグだけは評判よかったなあ。ま、それだけでは儲からんわな。みんなそれしか注文せえへん」

わたしは、川端さんとの話を思い出しながら聞いていた。お父さんの口調は、小さな焼き鳥屋さんへの思いにあふれていて、ほんの少し自虐的で、他人事《ひとごと》には聞こえなかった。

結婚して、義理の父の家業を継ぐ前に、お父さんが何の仕事をしていたのか、わたしは垣間見《かいまみ》たような気がしたのだ。

「ここは？　何でサンドイッチの店をやろうと思ったんや？」

「わたしたち、姉妹なんですけど、最初にふたりでつくった料理がサンドイッチなんです」

笹ちゃんが答えた。

「母の誕生日に、わたしがサンドイッチをつくるって言ったら、妹も手伝いたいって言い出して。サンドイッチって、誰でも手軽につくれるのがステキですよね。でも、調理方法も具材も制限がないから、誰かのサンドイッチは世界にひとつしかないんです」

おぼえている。笹ちゃんとサンドイッチをつくった。包丁や火を使うのは笹ちゃんだったのだろう、わたしは自由に具材を重ねて、たっぷり膨らんだサンドイッチになった。

ハンバーグ、卵焼き、ソーセージやポテトサラダ、好きなものをはさんだだけで、とびきりおいしくなった。野菜はあんまり好きじゃなかったのに、重ねたレタスもキャベツも、パプリカも、たぶんニンジンも、一気にほおばってたくさん食べたし、本当につくるのが楽しかった。

「わたし、前の職場を辞めたとき、ふと自分が何をしたいのかわからなくなったんですけど、気がついたらサンドイッチをつくっていたんです。そうしたら次々にレシピが浮かんできて、料理って楽しいなって、思い出せました。今度は何をはさもうか、考えるのが楽しくて。リクエストしてくれる人もいれば、定番でもちょっとした違いで新しいサンドイッチになるから、わくわくして、自然と店になってました」

そうだったんだ。笹ちゃんが、店を始めるにしろ、なぜサンドイッチを選んだのか、わたしにとってもはじめて聞く話だった。

「だけど、しばらくは売れなくて……。売れてももうけが出なかったりで、いろいろ勉強不足だったんです。妹が手伝ってくれるようになって、やっと経営が安定してきました。売れないときから来てくれてる常連さんや、仕入れ先の皆さんや、いろんな人に助けられて続けられています」

お父さんは深く頷く。

「店も人も、縁しだいですな。こちらは、店が続くような縁に恵まれた。私の場合は……」

お父さんは言葉を切った。たぶん、別の縁があって、店を閉めた。

「今度、友達の結婚式にもサンドイッチをつくるんですけど、鶏つくねも入れたいんです。友達のお相手の、お父さんが鶏つくねが好きだって聞いたので……」

それ、バレるんじゃない？　急にそんなことを言い出すから、わたしはおろおろする。

「隠し味で、驚かせたいな。教えてもらえませんか？」

笹ちゃん、大胆すぎる。お父さんの沈黙に、わたしは引きつった笑顔を向けるしかなかった。

＊

店の中での話し声に、入るのをためらったまま、津田尚志はつい聞き耳を立てていた。帰国するまで、笹子はずっと神戸《こうべ》のホテルで働いているものだと思っていたのに、サンドイッチ店をはじめたと知り意外だった。けれど、離れていた間に彼女が何を考えていたのか、直接訊いたことはなかったのだ。

その断片が聞こえてきて、どうしても気になった。ホテルのレストランをやめた理由は語られていないが、サンドイッチへの思い入れは垣間見えたような気がした。

「店、入らへんのですか？」

背後の声に、びっくりして振り返った。店内からは死角になっているだろうテラスのところで、中をうかがっているような男はいかにも不審だろう。しかし声をかけてきた男も、少々不思議な印象だった。キャラクター柄のシャツにネクタイ、帽子にはカエルのワッペンがついている。

「ここのサンドイッチ、絶品ですよ」

「もしかして、小野寺さん、ですか？」

見知らぬ相手に名前を言い当てられても、彼は慣れたことのように飄々《ひょうひょう》としている。

「お会いしたこと、ありましたかいな」

一方的に知られていることに慣れている人なのだ。

「店主の清水笹子さんに、常連さんだと聞いたことがあります。それに店に置いてある絵本、作者が小野寺さんだったような」

「ああ、いい歳して子供のキャラクターまみれで、絵本描きでもなけりゃ怪しい男ですわ」

とらえどころのない人だという第一印象だ。たぶん、津田にとって接したことのないタイプだからだろう。業界にはいないし、彼の店へ来る客層とも違う。そういう人物が、笹子の近くにいる。

「私は津田といいます」

はい、と頷いた彼は、津田が笹子とどういう知り合いかも訊《たず》ねなかった。知っているのか、興味がないのかはわからなかった。

開けっぱなしのドアから、年配の男性が出ていく。出入り口に近いテラスにいた津田たちに気づき、チラリと見たがすぐに立ち去る。冴子の父親は、笹子に鶏つくねサンドの隠し味を教えたのだろうか。小野寺に声をかけられたので、その後のやりとりは聞けなかった。

「ここの、鶏つくねサンド、食べたことあります？」

小野寺はまた言う。彼も、ついさっきの店の中での会話が聞こえていたようだ。

「いえ、残念ながら」

「僕はいつもコロッケサンドなんですが、新作が出たときは食べてみるんです。どのメニューも、一度は味わいたいんで。鶏つくね、もしかしたら新たな隠し味で変わるかもしれませんね。どう変わるんやろ。笹ちゃんのサンドイッチは、誰かが胸の内で大事にしている味に寄り添うんです。定番のサンドイッチでも、いや定番だからこそ、食べる人が自分の日常に引き寄せることができて、いろんな思いを重ねられるのかなあ。不思議ですわ」

「笹ちゃんのこと……、よくご存じなんですね」

「どうですやろ。僕は常連ってだけですから」

言うと、店には入らず、彼はふらりと公園のほうへ戻っていった。津田もくるりと向きを変え、店から離れる。

彼女は今、誰か、好きな人はいるのだろうか。いても不思議はないくらい、あれから時間が経ったことを、今さらながら津田は実感している。

待っていてほしいとは言えなかったし、彼女も何も言わず、別れたまま、連絡もしていなかった。なのに、もしも再会したとき、お互いにひとりだったら、また元に戻れるような気がしていたのだ。

自分たちは、興味の対象や考え方も似ていたし、料理が好きで、いつか店を持ちたいという思いも同じだった。理想のレストランについてよく語り合った。海の見える高台にあって、自然も食材も豊かな場所で、ゆったりと楽しんでもらえるようなレストランだ。再会したときの印象は、お互いに変わっていないと思えたのではないか。ただ、予想とは違い、彼女はサンドイッチの店を持っていた。

彼女にとって、サンドイッチは原点のような料理なのだと、さっきの話にそう思ったが、付き合っていたときには聞いたこともなかった。たとえ聞いていたとしても、津田にとってのお好み焼きのような、子供の頃好きだった料理だと、軽く受け止めていただろうか。でもたぶん、そういうものとは、また違うのだ。

彼女の夢はもう、高台のレストランとは別のところにあるのだろうか。

*

小林さんと冴子さんの結婚式の日、笹ちゃんはサンドイッチをつくった。わたしも朝から手伝った。

つくるのは、サンドイッチケーキ。スモーガストルタという、スウェーデンのお祝いのサンドイッチだという。パンと具材を層に重ね、まるでデコレーションケーキみたいに周囲にクリームを塗ったり絞り出したりして、色とりどりの野菜やハムなどの食材で飾るのだ。

下ごしらえは昨日からできている。大きめの四角いバットにスライスしたパンを敷き詰め、平たく焼いた鶏つくねを並べる。新鮮な大葉も並べて、その上にパンを重ねる。それから、小林さんがつくったパテ・ド・カンパーニュをサンドし、紫タマネギのピクルスで色を添える。

笹ちゃんが言うには、パテ・ド・カンパーニュはデリカテッセンの看板メニューだし、鶏の肝を使っているから、小林さんの食材の扱いや味へのこだわりが、冴子さんのお父さんにも伝わるのではないかと思ったそうだ。

しばらく寝かせて、サンドイッチがなじんだら、ケーキみたいに外側にクリームを塗っていく。もちろん甘くはない、クリームチーズと牛乳を混ぜたものだ。重ねたサンドイッチの具材やスプレッドを、うまくまとめてくれるだろう。

クリームの上のデコレーションは、バラの花みたいにくるりと巻いた生ハム、大葉を添えれば本物の花を飾ったみたいだ。真っ赤なプチトマトに、ミモザみたいな細かな炒り卵、薄切りキュウリのフリルのような縁取りと、花束ができあがっていく。

華やかにお祝いの席を彩る、サンドイッチケーキに、わたしはどんどん楽しくなっていく。

冴子さんのお父さんが、鶏つくねの正確なレシピを届けてくれたのは、笹ちゃんが隠し味を訊ねてから数日後のことだ。あの日は答えてくれなかったが、きっとお父さんなりに考えて、心の中で折り合いをつけたのだろう。

冴子さんに、自分のレシピの鶏つくねを食べてほしかったのではないだろうか。

「笹ちゃん、わたし、笹ちゃんのサンドイッチケーキを前に、わたしは、今の自分の気持ちを伝えたい」

できあがったサンドイッチとこの店が好き」

と、ごく自然に口を開いていた。

「ここで働くように誘ってくれたとき、本当にわくわくした。初めて笹ちゃんとサンドイッチをつくったときのわくわく以上に。大人になってから、将来の夢ってほどのものもなくて、ふつうに就職して、生活していければいいと思ってたけど、そうじゃなくて、夢に向かっていくってこんな感じなんじゃないかって、わかったような気がしたんだ。前の会社がなくなって、途方に暮れてたのは確かだけど、一時の腰掛けとかじゃなくて、真剣に店の仕事をしたいと思ったの。経理の知識はあったけど、それだけじゃなくて、できることは何でもしたいし、もっと学びたい。わたしはこの店を、ずっと続けていきたいの」

笹ちゃんは、静かに聞いてくれていた。

「だから、笹ちゃんの夢も教えて。本当に望んでることを。遠慮とかナシで、わたしの夢と違っててていいから、知りたい」

「蕗ちゃん、もしかして、津田さんのレストランのこと、知ってた？」

「うん……。レストランの業界誌に、津田さんのインタビューが載ってて」

「そっか」

それから笹ちゃんは、じっと考え込んだ。急に、怖くなってきたわたしは、沈黙が苦しくなって、「あ」と声を上げる。

「じ、時間ないよ。早く着替えて、結婚式に行かなきゃ！」

あまり時間がなかったのはたしかだ。追い立てるように言うわたしに、笹ちゃんもあせったのか頷く。もう少し、答えを先延ばしにしよう。笹ちゃんの心の中は、きっと決まっている。だから、ふたりでつくったサンドイッチケーキが幸せな席を盛り上げるまで、『ピクニック・バスケット』は変わらないと思っていたい。

笹ちゃんは、淡い水色のワンピースに着替え、迎えに来た友達の車にサンドイッチの箱を慎重に運び、出かけていった。見送ったわたしは、サンドイッチケーキを食べるはずの、冴子さんやお父さんの顔を想像した。

サンドイッチは不思議な料理だ。全く別の、二つの料理を、一つにしてしまうこともできる。しっとりとやわらかいパンにはさむだけ。難しいあれこれもなく、細かいことは考えない。二つの料理の、意外な出会いを楽しめばいい。

今日、お父さんの鶏つくねと、小林さんのパテ・ド・カンパーニュが一つのお皿に載せられる。

どちらも、新しい伴侶《はんりょ》との人生を、その選択を背負った料理なのだから、これほど門出にふさわしいサンドイッチはないだろう。

＊

なんだかんだ言いつつ、父は結婚式に来てくれた。冴子はほっとしているし、正直言ってうれしかった。いつもの仏頂面ではあったけれど、雅次とその家族に挨拶《あいさつ》もして、認めてくれたのだと思えたから。

お色直しのために、パーティ会場を出た冴子は、喫煙所でぼんやりしている父に近づいていく。

こちらに気づいた父は、微妙に眉《まゆ》をひそめた。

「おまえは子供の頃から男勝りで、大人になっても気がきついし乱暴や。嫁にもらってくれる男がおるとは思わんかった」

「えー、わたし、けっこうモテたんやけど」

「本性隠してたんやろ」

「雅次くんには、何も隠してへんから大丈夫」

「物好きな男やな」

まあそうかもしれない。モテたほうだけれど、近づいてきた人にはことごとく振られた。かわいげがないとか、散々言われたし、結局、男の人にとって、仕事熱心な女は、付き合うには疲れるらしい。

でも、彼は違った。何よりもまず、人として対等でいてくれて、誰かの力を当てにしたり、一方的に癒《い》やしを求めたりもしなかった。お互いに、いっしょにいるのが心地いいし、刺激にもなる、そんなパートナーに出会えたのだと冴子は思っている。

「料理人を好きになったんも、お父さんの影響やったんやね」

「おれは料理なんかせえへんで」

「お父さんの鶏つくね、おいしかった」

ケーキカットがサンドイッチケーキで、いかにも華やかなケーキなのにオードブルで、来賓も盛り上がった。

「サンドイッチ屋がつくったんやろ」

まったく、強情だ。

「お父さん、本当は焼き鳥、すごく好きなんやろ？　で、鶏つくねが一番好き」

父にとって忘れられない店の、鶏つくねだという。今はもうない店。そのレシピを教えてもらったと、『ピクニック・バスケット』の笹子に聞き、冴子は理解した。

隠し味を知っていた父は、ただのお客さんじゃなかったはずだ。

祖父は、通っていた焼き鳥屋の若い主人を気に入り、母との見合いを持ち出したのだろう。味がよくても、店が流行《はや》るかどうかは別問題だ。どうあがいてもうまくいかないことはある。それに父は、母のことを見合い話以前から見知っていたという。

もし、ひそかに気になっていた人との見合いを、その父親から持ちかけられたら？ 条件は、店をたたんで祖父の会社の後継者になることだ。

そうして父は、料理人としての夢を断念し、期待を裏切るまいとがんばってきた。家族のために、祖父の小さなスーパーにお惣菜で人を集め、支店を増やした。

「焼き鳥なんて食べる気にならへん」

きっと、自分で焼いたのが一番だから。

「あの鶏つくね、きな粉が入ってるんやね」

父は意外そうに顔を上げて冴子を見た。

「気づいたのは、雅次くん。なかなかやるやろ？」

彼の味覚は確かだ。言われてみれば、不思議と香ばしくて、あっさりした鶏肉なのに深みがあった。

「……サンドイッチに入ってた、あのパテ、悪くなかったな。肝の下処理がええんやろ。臭みはないし、ええ味しよった」

「よかった。気に入ってくれて」

「サンドイッチ屋がつくったんやろ」

冴子が噴き出すと、父も小さく笑った。

「なんや不思議なサンドイッチやったな」

「うん」

「鶏つくねも、サンドイッチやったから食べてみる気になったんや。ほんま、つくねをサンドイッチにするて、どんなんやと思うやんか。ふつうの鶏つくねなんか、どこの店のも好かんし、見向きもせんかったけど、サンドイッチは気になるわ」

言い訳がましくも、めずらしく一気に言う父が、かわいらしく思えた。

「お色直し、はよ行かなあかんで」

「あ、ほんまや」

冴子は素直にその場をあとにする。

父のように、いつか雅次と子供に誇れるような仕事をしたいと願いながら、そっと頬をぬぐった。

＊

ひとりでキッチンの片付けを終えたわたしは、日当たりのいいバックヤードで寝ていたコゲのフードを用意し、トイレを掃除する。コゲはフードの匂いに気づいたのか起き出してきて、わたしを見てニャーと鳴くと、ひとしきり辺りをうろついた。デスクの下や、棚の隙間、あちこち覗き見るのは、笹ちゃんをさがしているのだろうか。

「コゲだって、笹ちゃんとずっとここにいたいよね」

わたしの気持ちを理解しているかのような、まっすぐな視線をコゲはこちらに向けたが、今度はフードに駆け寄ると、ガツガツと食べはじめた。

食べ終えて毛繕いする様子を、じっと見ていると、ゆったりとした時間が流れていく。

窓から差し込む光は、木の葉の影を部屋に落とす。ビル街の中にだって、こんなに静かな場所があるのだから、海辺じゃなくたっていいよね、なんてつぶやいてみる。のんびりしすぎて、だんだん眠たくなってきたとき、コゲが急に顔を上げ、ダッシュで窓に駆け寄る。びっくりしたわたしに、外で小野寺さんが手を振った。

「やあ蕗ちゃん、自転車が止まってるから、いるのかなと思って」

窓を開けると、どういうわけか川端さんもいっしょにいて、わたしの眠気は吹き飛んだ。

「どうしたんですか？　おそろいで」

「これから川端くんとお茶するんや」

どういうわけか川端さんは、不本意そうな顔をしている。小野寺さんが強引に誘ったのだろうか。

「蕗ちゃんは？　定休日やけど、店来てたん？」

「笹ちゃんが、今日の後輩の結婚パーティにサンドイッチケーキをつくったので」

「サンドイッチケーキ？　へえ、そんなんあるん？」

「それ、スウェーデンの料理でしょう？　うちのお客さんもよく話題にしてますよ」

さすがに川端さんは知っているようだ。

「そや、今から蕗ちゃんも行かへん？　最近北浜《きたはま》にできたカフェ、フレンチトーストが人気なんやて」

「ああ、蕗ちゃんもいっしょに行ってくれると助かります」

川端さんが、助けを求めるように身を乗り出した。

「川端くん、フレンチトーストのパンを偵察したいんやて。食パンを使ったメニューが人気となったら、気になるわけや」

「じゃあ、川端さんが小野寺さんを誘ったんですか？」

「いえ、小野寺さんがついてくると言い張って」

「そやかて川端くん、ひとりでは行きづらいてゆうたやん」

「それは、女性客がメインのカフェのようですから」

「蕗ちゃんがいて、ちょうどよかったなあ」

川端さんは大きく頷く。

「じゃあ、ご一緒していいですか？」

「ええ、ぜひ。かなりおいしいらしいですよ」

「ほんなら、僕は帰るわ」

「え、行かないんですか？」

「僕が行ったら浮きそうな店やん」

「じゃあ最初からついてこなくていいじゃないですか」

「あれ？　僕のおかげで蕗ちゃんが行ってくれることになったやん？　これで堂々と入れるし」

「はあ、そうですね、感謝します」

投げやりな感謝だが、それも漫才みたいに息が合っていて、わたしはこっそり笑う。

店を出て、川端さんと歩きながら、わたしは不思議と解放されたような、明るい気持ちになっていることに気がついた。華やかなスモーガストルタを食べる人の顔を想像するだけで、わたしも頬がゆるんだ。そして今も、フレンチトーストのしっとりした香ばしさを想像してウキウキしてしまう。

「川端さん、わたし笹ちゃんに、自分の思ってることを言えました。わたしは、『ピクニック・バスケット』を大事にしたいし、本気でやる仕事だと思ってるってこと」

だから、意外なほどすんなりと、言葉が口をついて出た。

「そっか、それですっきりした顔してるんやね」

「ふふ、まだ笹ちゃんの考えは聞いてないんですけど。でも、それを聞くのも楽しみなんです」

姉妹だから、近くにいてもいなくても、変わることのない関係だから、いつだって、言いたいことを主張してきたではないか。ピンクのポシェットを取り合ったとき、どちらも譲らなかったけれど、そんなときはジャンケンすればいい。

「川端さんのおかげです。わたし、ずいぶん心配かけてるのに、前にひどいこと言いましたよね。あのときは、本当にごめんなさいっ！」

歩きながらだけど、頭はしっかりと下げる。川端さんは、意外そうにわたしを覗き込んだ。

「そんなことあった？」

「あの、中崎町の和菓子店のことで……。なんか、迷惑みたいな言い方して……。本当はうれしかったんです。川端さんがやさしくて、なんだか急に、どうしていいかわからなくなって」

「ああ、あれは……、下心を見透かされたかと思って反省した」

「えっ？」

思いがけない言葉に、わたしの緊張と気恥ずかしさは吹っ飛んだ。

「し、下心って、……あるんですか？」

めちゃくちゃ失礼な質問だ。川端さんはおかしそうに笑う。

「ないよ。ないない」

冗談めかして言ういつものさわやかな笑顔は、やっぱりそんな言葉とは無縁だった。だけど、全くないとしたら、異性として見られていない？　それは困るのかどうか、わたしは混乱する。

でも、まあいいか。

不思議と今は、意識したり緊張したりもせず、川端さんと楽しく話ができている。もっと話したいし、川端さんのことを知りたいと、素直に思えたからだろうか。

交差点の向こう側に、明るいガラス張りのカフェが見えてきていた。ステキな食べ物を囲むなら、逃げ出したいなんて気持ちはどこかへいってしまうらしい。

結婚パーティからの帰り道、笹子は津田の車で送ってもらい、『ピクニック・バスケット』へ向かう。自宅ではなくて店へ戻るのは、蕗子がまだそこにいるかもしれないと思ったからだ。

「津田さん、これから仕事の打ち合わせなんでしょ？」

「うん、京都の店のメニューが、月替わりだからね」

「忙しいね」

「好きでやってるからなあ。それに、いつか自分のレストランを持つっていう夢も、実現のめどがついてきたところだし、ぼちぼちスタッフも打診しないと。笹ちゃんには、即断られたし」

ちょっと申し訳なくて、笹子はうつむく。

「ごめんね、わたしも、好きなこと見つけちゃった」

「サンドイッチか。楽しいんだね」

「サンドイッチって、誰にでもつくれるよね。だからわたしのサンドイッチも、ここでしか食べられないわけじゃない。いつかどこかで食べたもの、何度も食べたもの、そんな誰かの記憶と少しだけつながって、いろんな思いをかきたてることがあって、それが、いいなあって思ったんだ」

津田の料理は、人を驚かせて楽しませる。食材から引き出す魅力は数えきれず、魔法使いみたいだと、常々笹子は感じてきたし、彼と仕事をするのが好きだった。料理人としての自分も、うまくいっていると思えた。でも彼がいなくなったとき、急に仕事を楽しめなくなった。笹子は、彼のリードでダンスがうまく踊れるような気持ちになっていただけだったのだ。

ホテルのレストランをやめて、サンドイッチをつくり始めたのは、ランチタイムにワゴンで売るのにいいと思ったからだけれど、お弁当ではなくサンドイッチだったのは、楽しい記憶があったからだろう。

「今は、おいしいものをつくろうとすればするほど、わたしの能力はさほど必要じゃなくて、お客さんが教えてくれるの。お客さんが食べたいものは、お客さんの中にあるんだもんね。不思議だけど、ひとりでつくってる感じがしない。サンドイッチは、よく蕗ちゃんとつくったからかな。ふたりで、あれこれ具材を切って、好きなようにはさんで」

だから、『ピクニック・バスケット』をはじめたとき、いつか蕗子を呼ぼうと決めていたのだと思う。蕗子はまだ東京で勤めてたし、勝手に決めただけだけど、来てくれなくても、この店のコンセプトは姉妹のサンドイッチ店、のつもりだった。

「蕗ちゃんが来てくれたから、これでやっと、『ピクニック・バスケット』は一人前。

これからもふたりでやっていくつもりだし、蕗ちゃんもそう思ってくれてて、なんか、よかったって思えたの。店をはじめてよかったって」

「サンドイッチだもんな、笹ちゃんと蕗ちゃんで、おいしいものをはさむ、か」

津田は笑ってくれていた。

同じものを目指していると思っていたけれど、気づけば遠く離れていた。距離や時間だけでなく、求めるものも。

それでも笹子は、津田を待っていた。どうしてかと問われても答えられない。終わっていると自分でもわかっているのに、会いたかったし、彼がまた笹子を必要としてくれていると知ってうれしかった。

公園前で車を降りて、笹子は店へ向かって歩き出す。夕暮れ時の公園内は、やさしいオレンジ色の光に包まれている。

津田さんの誘い、何で断ったの？　今日の披露宴で、久しぶりに会った友達にも言われた。津田さんについていくべきだよ、と。

そう、たぶん、断らなければ、こんなに苦しくなかっただろう。津田との将来がぼやけてしまうことに気づかなければ。でも気づかないふりをしても、いつか気づいてしまうに違いないから、笹子は苦しい。

「あ、笹ちゃん、おかえり」

店の前に、蕗子がいた。テラス席に座って、まるで笹子の帰りを待っていたかのように手を振っている。

「ただいま。やっぱり蕗ちゃん、家じゃなくてこっちにいたんだ」

「うん、笹ちゃんがこっちへ戻ってくると思ったから」

笹子は、蕗子の座るベンチに、並んで腰を下ろした。『ピクニック・バスケット』に蕗子がいる。当然のことが、笹子を心底安堵《あんど》させる。

「サンドイッチケーキ、どうだった?」

「好評だったよ。蕗ちゃんは、何してたの?」

「さっきね、川端さんとフレンチトーストのカフェに行ったの。パンの偵察だったんだけど、女の子ばかりだったから、川端さんやたら注目浴びてて、わたし、なんだか変な汗かいちゃった」

川端自身は、たぶんパンと蕗子で頭がいっぱいになって、周囲は目に入ってなかっただろう。どちらも恋には慎重なのか、もどかしくも見えるが、笹子には微笑ましい。

「蕗ちゃん、わたし、失恋したよ」

「えっ、誰に?」

「ずっと前に別れた人に」

これまで笹子は、津田と離れていたけれど、気持ちの中では別れてはいなかったのだ。

「彼を好きでいることと、やりたい仕事を見つけたことは別だと思いたかった。でも、津田さんにとってはそうじゃないこともわかってたから、とっくにわたしは、彼じゃなくてサンドイッチを選んでたのに……。再会したら、本当に別れなきゃならないことも、わかってたけど、心を切り離すのって、会えなくなるより、遠くに行ってしまうより、痛くて……」

隣で蕗子が涙ぐんでいる。彼女のほうが涙もろいのは昔からだ。自分のことでは泣かないのに、人のことになるとすぐ泣くのだった。笹子が怪我をすると、すりむいた傷を見て蕗子が泣く。痛いと泣くから、笹子は痛みが薄れる気がする。

「もう、蕗ちゃんがいてくれてよかったよー」

抱きついて、妹の頭を撫でていると、大きくなったなあと不思議な思いに駆られる。お姉さんっていいなあとも思ったりする。蕗子がいたから、笹子は思いがけない自分を発見できた。

「フレンチトーストかあ、わたしも食べたくなってきた。つくろうか」

「えー、笹ちゃんパーティでいっぱい食べたでしょ？　それにわたし、食べてきたところだよ」

顔を上げた蕗子は、照れくさそうにそっぽを向く。

「じゃ、今晩にしよ。フレンチトーストサンドもいいよね？　あまくないフレンチトースト。チーズとハムをはさんで、とろふわで熱々」

「わー、なにそれ、もう何度でもフレンチトースト食べたくなる！」

おいしい料理は、わがままも言える人といっしょにつくる料理は、それだけで人を明るくするのだ。

本書は、二〇二〇年六月に小社より刊行された
単行本を文庫化したものです。

語《かた》らいサンドイッチ

谷《たに》瑞《みず》恵《え》

令和5年 2月25日 初版発行

発行者●山下直久

発行●株式会社KADOKAWA
〒102-8177 東京都千代田区富士見2-13-3
電話 0570-002-301(ナビダイヤル)

角川文庫 23550

印刷所●株式会社暁印刷
製本所●本間製本株式会社

表紙画●和田三造

ISBN 978-4-04-113473-3 C0193

◇◇◇

角川文庫発刊に際して

角　川　源　義

第二次世界大戦の敗北は、軍事力の敗北であった以上に、私たちの若い文化力の敗退であった。私たちの文化が戦争に対して如何に無力であり、単なるあだ花に過ぎなかったかを、私たちは身を以て体験し痛感した。西洋近代文化の摂取にとって、明治以後八十年の歳月は決して短かすぎたとは言えない。にもかかわらず、近代文化の伝統を確立し、自由な批判と柔軟な良識に富む文化層として自らを形成することに私たちは失敗して来た。そしてこれは、各層への文化の普及滲透を任務とする出版人の責任でもあった。

一九四五年以来、私たちは再び振出しに戻り、第一歩から踏み出すことを余儀なくされた。これは大きな不幸ではあるが、反面、これまでの混沌・未熟・歪曲の中にあった我が国の文化に秩序と確たる基礎を齎らすためには絶好の機会でもある。角川書店は、このような祖国の文化的危機にあたり、微力をも顧みず再建の礎石たるべき抱負と決意とをもって出発したが、ここに創立以来の念願を果すべく角川文庫を発刊する。これまで刊行されたあらゆる全集叢書文庫類の長所と短所とを検討し、古今東西の不朽の典籍を、良心的編集のもとに、廉価に、そして書架にふさわしい美本として、多くのひとびとに提供しようとする。しかし私たちは徒らに百科全書的な知識のジレッタントを作ることを目的とせず、あくまで祖国の文化に秩序と再建への道を示し、この文庫を角川書店の栄ある事業として、今後永久に継続発展せしめ、学芸と教養との殿堂として大成せんことを期したい。多くの読書子の愛情ある忠言と支持とによって、この希望と抱負とを完遂せしめられんことを願う。

一九四九年五月三日

角川文庫ベストセラー

ことことこーこ　阿川佐和子

離婚した香子が老父母の暮らす実家に戻ると、母・琴子に認知症の症状が表れていた。弟夫婦は頼りにならず、香子は新しく始めたフードコーディネーターの仕事と介護を両立させようと覚悟を決めるが……。

さよなら、ビー玉父さん　阿月まひる

浮世離れした仙人のように日々を過ごす32歳のダメ男・奥田狐のもとを、離婚で離ればなれになった8歳の一人息子、遊が突然訪ねてきた。その日から不器用な父親と健気な息子の奇妙な関係が始まった……。

向日葵のある台所　秋川滝美

学芸員の麻有子は、東京の郊外で中学2年生の娘とともに暮らしていた。しかし、姉からの電話によって、その生活が崩されることに……「家族」とは何なのか、改めて考えさせられる著者渾身の衝撃作！

ひとり旅日和　秋川滝美

人見知りの日和は、仕事場でも怒られてばかり。社長から気晴らしに旅へ出ることを勧められる。最初は尻込みしていたが、先輩の後押しもあり、日帰りができる熱海へ。そこから旅の魅力にはまっていき……。

おうちごはん修業中！　秋川滝美

営業一筋の和紗は仕事漬けの毎日。同期の村越と張り合い、柿本課長にひそかに片想いしながら、外食三昧の暮らしをしていると、34歳にしてメタボ予備軍に！　健康のために自炊を決意するけれど……。

角川文庫ベストセラー

ジャパン・トリップ　岩城けい

日本でのホームステイに参加したオーストラリアの小学生、ショーン。ステイ先の家族はとても親切で滞在を楽しんでいたショーンだが、日本来訪の〝本当の目的〟を達成するために大事件を起こしてしまい——。

弁当屋さんのおもてなし
ほかほかごはんと北海鮭かま　喜多みどり

恋人に二股をかけられ、傷心状態のまま北海道・札幌市へ転勤したOLの千春。彼女はふと、路地裏にひっそり佇む『くま弁』へ立ち寄る。そこで内なる願いを叶える「魔法のお弁当」の作り手・ユウと出会い？

ビストロ三軒亭の謎めく晩餐　斎藤千輪

三軒茶屋にある小さなビストロ。名探偵ポアロ好きのシェフが来る人の望み通りの料理を作る。新米ギャルソンの神坂隆一は、謎めいた奇妙な女性客を担当することになり……美味しくて癒やされるグルメミステリ。

最後の晩ごはん
ふるさととだし巻き卵　椹野道流

ねつ造スキャンダルで活動休止に追い込まれた、若手俳優の五十嵐海里。全てを失い、郷里の神戸に戻った彼は、定食屋の夏神留二に拾われる。彼の店で働くことになった海里だが、とんでもない客が現れ……。

エミリの小さな包丁　森沢明夫

恋人に騙され、仕事もお金も居場所もすべて失ったエミリに救いの手をさしのべてくれたのは、10年以上連絡を取っていなかった母方の祖父だった。人間の限りない温かさと心の再生を描いた、癒やしの物語。